MW00681318

Como una buena madre

NARRATIVAS ARGENTINAS

ANA MARÍA SHUA

Como una buena madre

EDITORIAL SUDAMERICANA
BUENOS AIRES

Diseño de tapa: María L. de Chimondeguy / Isabel Rodrigué

IMPRESO EN LA ARGENTINA

Queda hecho el depósito
que previene la ley 11.723.
© *2001, Editorial Sudamericana S.A.®*
Humberto I 531 Buenos Aires.

www.edsudamericana.com.ar

ISBN 950-07-2125-2

© 2001, Ana María Shua

Como una buena madre

A mi tío Lucho, a cambio de Caperucita.

Tom gritó. Mamá estaba en la cocina, amasando. Tom tenía cuatro años, era sano y bastante grande para su edad. Podía gritar muy fuerte durante mucho tiempo. Mamá siempre leía libros acerca del cuidado y la educación de los niños. En esos libros, y también en las novelas, las madres (las buenas madres, las que realmente quieren a sus hijos) eran capaces de adivinar las causas del llanto de un chico con sólo prestar atención a sus características.

Pero Tom gritaba y lloraba muy fuerte cuando estaba lastimado, cuando tenía sueño, cuando no encontraba la manga del saco, cuando su hermana Soledad lo golpeaba y cuando se le caía una torre de cubos. Todos los gritos parecían similares en volumen, en pasión, en intensidad. Sólo cuando se trataba de atacar al bebé Tom se volvía asombrosamente silencioso, esperando el momento justo para saltar callado, felino, sobre su presa. El silencio era, entonces, más peligroso que los gritos: ese silencio en el que mamá había encontrado una vez a Tom acostado sobre el bebé, presionando con su vientre la cara (la boca y la nariz) del bebé casi azul. Tom gritó, gritó, gritó. Mamá sacó las manos de la masa de la tarta, se

7

enjuagó con cuidado, con urgencia, bajo el chorro de la canilla y, secándose todavía con el repasador, corrió por el pasillo hasta la pieza de los chicos. Tom estaba tirado en el suelo, gritando. Soledad le pateaba rítmicamente la cabeza. Por suerte Soledad tenía puestas las pantuflas con forma de conejo, peludas y suaves, y no los zapatos de ir a la escuela.

Mamá tomó a Soledad de los brazos y la zamarreó con fuerza, tratando de demostrarle, con calma y con firmeza, que le estaba dando el justo castigo por su comportamiento. Tratando de no demostrarle que tenía ganas de vengarse, de hacerle daño. Tratando de portarse como una buena madre, una madre que realmente quiere a sus hijos.

Después levantó a Tom y quiso acunarlo para que dejara de gritar, pero era demasiado pesado. Se sentó con él en el borde de la cama acariciándole el pelo. Tom seguía gritando. Era un hermoso milagro que no hubiera despertado al bebé. Cuando mamá sacó un caramelo del bolsillo del delantal, Tom dejó de gritar, lo peló y se lo comió.

—Quiero más caramelos —dijo Tom.

—Yo también quiero caramelos —dijo Soledad—. Si le diste a Tom me tenés que dar a mí.

—No hay más caramelos. Vos, Sole, más bien que no te merecés ningún premio. Y a vos parece que no te dolía tanto que con un caramelo te callaste —como una buena madre, equitativa, dueña y divisora de la justicia. Pero una buena madre no consuela a sus hijos con caramelos, una madre que realmente quiere a sus hijos protege sus dientes y sus mentes.

—Queremos más caramelos —dijo Soledad.

Y ahora Tom estaba de su lado. Entre los dos trataron de atrapar a mamá, que quería volver a la cocina. Tom le abrazó las piernas mientras Soledad le metía la mano en el bolsillo del delantal. Mamá sacó la mano de Soledad del bolsillo con cierta brusquedad. Calma. Firmeza. Autoridad. Amor.

—¡No! Los bolsillos de mamá no se tocan.

—Tenés más, tenés más, sos una mentirosa, ¡nos engañaste! —gritaba Soledad.

—Mamá mala, mamá mentirosa, ¡mamá culo! —gritaba Tom.

—Empezaron los dibujitos animados —dijo mamá. Autoridad. Firmeza. Culo.

Tom y Soledad la soltaron y corrieron hacia el televisor. Soledad lo encendió. Levantaron el volumen hasta un nivel intolerable y se sentaron a medio metro de la pantalla. Una buena madre, una madre que realmente quiere a sus hijos, no lo hubiera permitido. Mamá pensó que se iban a quedar ciegos y sordos y que se lo tenían merecido. Cerró la puerta de la cocina para defender sus tímpanos y volvió a la masa de tarta. Masa para pascualina La Salteña es más fresca porque se vende más. Una buena madre, una madre que realmente quiere a sus hijos, ¿compraría masa para pascualina La Salteña?

Acomodó la masa en la tartera, incorporó el relleno, que ya tenía preparado, cerró la tarta con un torpe repulgue y la puso en el horno. A través de la confusión infernal de sonido que despedía el televisor, se filtraba ahora el llanto del bebé. Como una respuesta automática de su cuerpo, empezó a manar leche de su pecho izquierdo empapándole el corpiño y la parte delantera de la blusa. Sonó el timbre.

—¡Un momento! —gritó mamá hacia la puerta.

Fue al cuarto de los chicos y volvió con el bebé en brazos. Abrió la puerta. Era el pedido de la verdulería. El repartidor era un hombre mayor, orgulloso de estar todavía en condiciones de hacer un trabajo como ése, demasiado pesado para su edad. Mamá lo había visto alguna vez, en un corte de luz, subiendo las escaleras con el canasto al hombro, jadeante y jactancioso.

—Los chicos están demasiado cerca del televisor —dijo el hombre, pasando a la cocina.

—Tiene razón —dijo mamá. Ahora había un testigo, alguien más se había dado cuenta, sabía qué clase de madre era ella.

El olor a leche enloquecía al bebé, que lloraba y picoteaba la blusa mojada como un pollito buscando granos. El viejo empezó a sacar la fruta y la verdura de la canasta apilándola sobre la mesada de la cocina. Hacía el trabajo lentamente, como para demostrar que no le correspondía terminarlo sin ayuda. Mamá sacó algunas naranjas, una por una, con la mano libre. El verdulero amarreteaba las bolsitas.

Una buena madre no encarga el pedido: una madre que realmente quiere a sus hijos va personalmente a la verdulería y elige una por una las frutas y verduras con que los alimentará. Cuando una mujer es lo bastante perezosa como para encargar los alimentos en lugar de ir a buscarlos personalmente, el verdulero trata de engañarla de dos maneras: en el peso de los productos y en su calidad. Mamá observó detenidamente cada pieza que salía de la canasta buscando algún motivo que justificara su protesta para poder demostrarle al viejo que ella, aunque se hiciera mandar el pedido, no era de las que se conforman con cualquier cosa.

—Las papas —dijo por fin—, ¿no son demasiado grandes?

—Cuanto más grandes mejor —dijo el hombre—, lo malo son las papas chicas. Mire ésta —tomó una de las papas más grandes y la acercó a la cara de mamá—. Es ideal para hacer al horno. Usted la pela y le hace cortes así, ¿ve? como tajadas pero no hasta abajo del todo. En cada corte, un pedacito de manteca. Después en el horno la papa se abre y queda como un acordeón doradito, riquísima, hágame caso.

Mamá le dijo que sí, que le iba a hacer caso. Le pagó, y el hombre se fue, pero antes volvió a mirar con reprobación a los chicos, que seguían pegados al televisor.

Mamá se preparó un vaso grande lleno de leche y se sentó en la cocina para amamantar al bebé. Cuando se le prendía al pecho ella sentía una sed repentina y violenta que le secaba la boca. Sentía también que una parte de ella misma se iba a través de los pezones. Mientras el bebé chupaba de un lado, del otro pecho partía un chorro finito pero con mucha presión. Una buena madre no alimenta a sus hijos con mamadera. Mamá tomaba la leche a sorbos chicos, como si ella también mamara. Cuando el bebé estuvo satisfecho, se lo puso sobre el hombro para hacerlo eructar. Ahora había que cambiarlo. También ordenar la cocina. Organizarse. Primero cambiar al bebé.

Le sacó los pañales sucios. Miró con placer la caca de color amarillo brillante, semilíquida, de olor casi agradable, la típica diarrea posprandial, decían sus libros, de un bebé alimentado a pecho. El chiquitito se sonrió con su boca desdentada y agitó las piernas, feliz de sentirlas en libertad. Lo limpió con un algodón mojado. ¿Era suficiente? Otras madres lavaban a sus bebés en una palangana o debajo del chorro de la canilla. Tenía la cola paspada. A los bebés de otras madres no se les paspaba la cola. Una buena madre, una madre que realmente quiere a sus hijos, ¿usaría, como ella, pañales descartables? Usaría pañales de tela, los lavaría con sus propias manos, con amor, con jabón de tocador.

—¡Soledad! ¡Me alcanzás del baño la cremita para la cola del bebé! —pidió mamá.

Soledad apareció con inesperada, inhabitual rapidez. Traía el frasco de Dermatol y las manos mojadas.

—¿Qué estabas haciendo en el baño?

—Nada mamá, lavándome las manos.

Tom gritó. Mamá dejó al bebé, limpio y seco pero todavía sin pañales, en la cuna corralito. Los gritos eran muy fuertes y venían del baño. Soledad se plantó delante de la puerta.

—No entres ahí mamita, de verdad, por favor, no entres, perdóname.

Los alaridos de Tom eran más fuertes que el mismísimo sonido del televisor, inútilmente encendido en el living. Deslizándose por debajo de la puerta del baño, un flujo lento y constante de agua jabonosa inundaba la alfombra del pasillo haciendo crecer una mancha de color oscuro. Mamá empujó a Soledad y abrió la puerta. Tom tenía la cara pintada de varios colores y en el pelo un pegote de pasta dentífrica. Sus cosméticos estaban tirados en el suelo, empapados, en medio del charco de agua que provocaba el desborde del bidet. Soledad había salido corriendo, seguramente para esconderse en el ropero.

Mamá sacó el tapón del bidet y forcejeó con las canillas.

—No pude cerrarlas —lloriqueó Tom.

Para mamá tampoco era fácil. Habían sido abiertas hasta su punto máximo y giraban en falso. Después de varios intentos lo consiguió. Sonó el teléfono. Mamá se obligó a quedarse en el baño hasta ver el bidet vacío y asegurarse de que no salía más agua. Después fue a atender.

Al levantar el tubo escuchó el característico sonido que precedía las comunicaciones de larga distancia.

—Es llamado de afuera, chicos, ¡es papito! —gritó, feliz.

Soledad salió de la pieza arrastrando la cuna donde el bebé lloraba.

—¡Mamá! —gritó—. Tom lo quiere matar al bebé pero no sin querer. ¡Lo quiere matar a propósito!

—¡Mentira! —gritó Tom, que venía detrás—. Sos un culo cagado con olor a culo cagado Soledad, ¡caca caca caca con olor!

—¡Lo odio! —gritó Soledad—. Quiero que no exista más, mamá, por qué tengo que soportarlo. ¡Hijo de culo! ¡Hijo de mierda! ¡Ano con pelos!

—Cállense —pidió mamá—. ¡No oigo nada! ¡Hagan lo que quieran pero cállense! Soledad apagá la tele, es papito de afuera y no oigo nada.

—Mamá dijo hagan lo que quieran —le dijo Soledad a Tom, que sonrió y dejó de gritar. Empujando la cuna se fueron a la cocina.

Mamá volvió a prestar atención a la voz lejana, con ecos, que venía desde el tubo del teléfono. Entregaba una atención absoluta, concentrada. Al principio sonreía. Después dejó de sonreír. Después habló mucho más alto de lo necesario para ser oída. Después hizo gestos que eran inútiles, porque su interlocutor no los podía ver. Después cortó y sintió que tenía ganas de llorar y que quería estar sola. Después escuchó un ruido largo, complejo y violento. Tom gritó. Mamá corrió a la cocina.

Parado sobre la mesada, entre lechugas y berenjenas, Tom gritaba asustado. Soledad trataba de no llorar, milagrosamente entera en medio de una pila de escombros: restos de platos y vasos rotos. Tom se había trepado a la mesada para alcanzar los frascos de mermelada del estante y, apoyándose con todas sus fuerzas, lo había hecho caer. El bebé estaba bien. Habían volcado deliberadamente la azucarera sobre la cuna para mantenerlo entretenido. Lamía el azúcar con placer y agitaba los brazos y las piernas emitiendo sonidos de alegría. En la batita y en el pelo también tenía azúcar. Mamá miró los restos de un plato azul, de loza, con el dibujo de un perrito en relieve, un plato que había pertenecido a su propia madre. Nadie que no tuviera ese platito azul en un estante de la alacena podría llegar a ser una buena madre. Tuvo más ganas de llorar.

Tom y Soledad habían estado jugando al picnic en el suelo de la cocina, sobre el mejor mantel blanco, el de las cenas con invitados. Habían sacado pan, queso, mostaza, ketchup y Coca de la heladera y habían usado algunas de las frutas y verduras que estaban todavía sobre la mesada. En el mantel había dos tomates y una manzana mordisqueados, unas papas sucias y manchas de mostaza.

Mamá quería estar sola y quería llorar. Pensar en lo que le estaba pasando. También quería pegarles muy fuerte a Tom y a Soledad. Pero antes tenía que sacar al bebé de ahí para que el azúcar no le provocara gases, tenía que asegurarse de que los tres estuvieran bien y barrer los restos peligrosos de la cocina. Alzó a Tom, que estaba descalzo, y lo llevó a su pieza.

—Andate de acá, Soledad, salí que voy a barrer —dijo con voz controlada, contenida.

—Vos dijiste hagan lo que quieran.

—Soledad no te estoy retando ahora, solamente te dije que salgas.

—El estante lo tiró Tom —dijo Soledad.

—¡Porque vos me mandaste a buscar la mermelada! —gritó Tom, que había vuelto a acercarse, todavía descalzo, a la puerta de la cocina—. ¡Sos una acusadora y una basura con ano y porquería cagada!

15

—¡Basta! —gritó mamá. Y ella misma se asustó al notar la carga de furia en su grito—. Basta basta basta, no aguanto más gritos, hiciste un desastre y encima gritás gritás gritás.

Atrapó a Tom de un brazo y le dio un chirlo en la cola sabiendo que estaba siendo injusta, que Soledad había sido tan culpable como él o más. El bebé lloraba ahora y también Tom. Soledad le dio un empujón a mamá con bastante fuerza como para hacerla caer de rodillas, con las manos hacia adelante. Sintió un dolor afilado en la palma de la mano derecha.

—¡No le vas a pegar a mi hermanito!

—¡Mamá es un dedo en la nariz! —gritó Tom.

Mamá había caído sobre un vidrio roto. Se miró la mano lastimada. El tajo era profundo y sangraba.

—Mamá, ¿por qué la sangre es colorada? —preguntó Tom.

—Mirá lo que le hiciste a mamá, Soledad —dijo mamá, mostrándole la herida.

Pero después vio la carita asustada, los ojos grandes de Soledad, y pensó que había sido cruel. Una buena madre, una madre que realmente quiere a sus hijos, no los carga de innecesaria culpa.

—No es nada, linda, no te asustes, ya sé que fue sin querer, ahora me pongo agua oxigenada y una curita y ya está —agradecía casi el dolor físico que le permitía evitar las sonrisas, hasta llorar un poco. Levantó la mano por encima del corazón para parar la sangre.

—Mamá, ¿por qué la sangre es colorada? —preguntó Tom.

16

—Porque sí —dijo mamá distraída, apretándose la mano con un repasador. Tenía que barrer y sacar al bebé. ¿Qué primero? Organizarse.

—Soledad, haceme un favor, levantá un minutito al bebé mientras yo me voy a poner una venda.

—Pero yo también quiero ver cómo te curás.

—Sí, levantalo al bebé y vení con él al baño y ves todo.

—Mamá, ¿por qué la sangre es colorada?, porque sí no me digas —dijo Tom.

—No quiero levantar al bebé porque está sin pañales —dijo Soledad—. Me va a cagar y mear toda.

—¡Soledad cagada y meada! —gritó gloriosamente Tom.

Mamá terminó de atarse torpemente el repasador con ayuda de los dientes. Necesitaba estar un momento, nada más que un momento, sola. Y en silencio. Pensar en la voz lejana, con ecos. Y llorar. Levantó al bebé y mientras lo sostenía con el brazo izquierdo usó la mano herida para inclinar la cunita y tratar de sacudir el grueso del azúcar. Acostó al bebé y empezó a barrer los restos de vidrios y loza. La tarea hizo que se aflojara el repasador mal anudado y la mano herida volvió a sangrar. Dolía mucho. Juntó lo que pudo con la pala. Levantó al bebé y lo llevó a la pieza para ponerle un pañal limpio. En el camino, el bebé regurgitó una bocanada de leche semidigerida sobre su ropa.

—Mamá, por qué la sangre es colorada, porque sí no me digas —preguntó Tom.

—Porque está compuesta por glóbulos rojos —dijo mamá mientras le ponía el pañal al bebé y le limpiaba la boca con un trapito. Tom se quedó desconcertado por unos segundos, pero Soledad estaba atenta.

—¿Por qué son rojos los glóbulos de la sangre? —preguntó.

—Porque el libro del porqué tiene muchas hojas —contestó mamá.

Puso una sábana limpia sobre la cuna y unos cuantos chiches de goma. Todo lo que tocaba se ensuciaba con manchitas de sangre. El bebé se largó a llorar en cuanto lo puso boca abajo. Pero esta vez mamá estaba decidida a curarse la mano. También quería estar sola. Soledad la siguió al baño para ver cómo se vendaba.

—¿Ves lo que hace mamita? Así también tenés que hacer vos cuando te lastimás. Primero lavarse bien a fondo con agua y jabón.

El baño seguía encharcado de agua jabonosa. Levantó los cosméticos mojados. Tendría que secarlo enseguida antes de que alguien se resbalara. En el botiquín encontró agua oxigenada, vendas, tela adhesiva. Iba a necesitar ayuda. Vertió el agua oxigenada sobre la herida, que tenía los bordes separados. Probablemente necesitara unas puntadas pero se sentía incapaz de llegar con los tres chicos hasta el hospital. Apretó una compresa de gasa con mucha fuerza contra la herida, para parar la hemorragia. Después se puso otra gasa limpia y, con ayuda de Soledad, la tela adhesiva. Entonces percibió el silencio. El bebé había dejado de llorar.

—Soledad, andá a ver qué pasa con Tom y el bebé.

A Soledad le gustaba proteger al bebé casi tanto como pegarle a Tom. Apenas había salido cuando se escuchó su desesperado aullido de socorro.

—Lo está matando, mamá mamá mamá, lo va a destrozar, mamá, mamá, ¡vení ahora! Lo está revoleando, ¡LO MATA, MAMÁ!

Mamá quiso correr a la velocidad que exigían los gritos enloquecidos de Soledad, se resbaló y se cayó torciéndose un tobillo de mala manera. Se levantó y siguió como pudo hasta la pieza donde el bebé dormía tranquilamente en su cuna mientras Tom revoleaba por el aire un perrito de paño relleno de mijo. El perrito ya estaba en parte roto y el mijo salía por el agujero, impulsado por la fuerza centrífuga, chocando contra las paredes, cayendo al suelo, sobre las camas, en la cuna. Soledad gritaba histéricamente. Mamá la hizo callar de una bofetada, le sacó a Tom el perrito de paño y se sentó sobre una de las camitas porque el tobillo lastimado ya no la sostenía. Vio sangre en la cara de Soledad y sintió un golpe en el corazón. Después se dio cuenta de que le había pegado con la mano herida, que volvía a sangrar. Vio el dibujo de globos y payasos que ella misma había elegido para la colcha y otra vez tuvo ganas de llorar.

—Traéme el costurero que voy a curar a tu perrito: lo voy a coser —le dijo a Soledad. El tobillo empezaba a hincharse.

—Traéme esto, traéme aquello, qué te creés que soy —dijo Soledad—. ¿Te creés que soy la Cenicienta de esta casa?

—Entonces no te coso nada el perrito y no me importa nada si se le sale todo el relleno —lloriqueó mamá. ¿Como una buena madre? ¿Lloriqueando?

—Quiero panqueques rellenos —dijo Tom—. Mamá le pegó a Soledad. Mamá es un ano con pelotudeces.

Mamá rengueó hasta su dormitorio. En el cajón de la cómoda encontró un pañuelo del tamaño adecuado para hacerse un vendaje en el tobillo. Un esguince, nada grave, si mañana empeoraba iría al médico. El pie ya no le cabía en el zapato. Trató de hacer el vendaje bien apretado (la mano herida no le facilitaba el trabajo) y se puso encima un zoquete de los que su marido odiaba y que ella usaba solamente para dormir. Sintió en el aire un olor a quemado y se acordó de la torta pascualina.

Caminando despacio (el tobillo latía dolorosamente) fue a la cocina. Se agachó para abrir la puerta del horno y vaya a saber por qué alcanzó a darse vuelta justo a tiempo para ver a Tom y Soledad ya definitivamente aliados (pero qué bueno que los hermanos sean unidos, que se ayuden entre ellos), sus cuatro manitas empujándola desde su inestable posición, en cuclillas, contra el horno caliente. Pudo moverse hacia un costado antes de caer, quemándose solamente el antebrazo izquierdo, que rozó la puerta abierta. Puteó de dolor y también de miedo. Sin decir nada, mirándolos fijamente, jadeando, puso la zona quemada debajo del chorro de agua fría. Eso la alivió enseguida.

—Mamá dijo una mala palabra —dijo Tom.

—De veras no sabíamos que el horno estaba caliente de verdad, mamita perdóname, queríamos jugar a Hansel y Gretel, de veras que no sabíamos.

—La bruja mala se quemó en el horno y se hizo de chocolate rico y se la comieron —dijo Tom—. Mamá dice malas palabras.

—De veras que no sabíamos —repitió Soledad, con cierta monotonía.

Mamita pensó que no le creía y también que estaba loca por no creerle. Sus hijos. Los quería. La querían. El amor más grande que se puede sentir en este mundo. El único amor para siempre, todo el tiempo.

El Amor Verdadero. Necesitaba estar un momento sola, pensar en la llamada, en la voz lejana, con ecos. Llorar. Ponerse Cicatul en la quemadura, que ardía ferozmente. Fue al baño. Una mujer organizada ya lo habría secado. El baño seguía mojado. Una buena madre. Tom la siguió.

—Tom, mi vida, mamita tiene que estar un momentito sola en el baño.

—¿Para qué?

—¡Para hacer CACA! A mamita le gusta estar sola cuando hace caca, ¿sabés?

—A mí no. A mí me gusta más que me hagan compañía cuando hago caca.

—Pero a mí me gusta estar sola.

—A mí también —intervino Soledad—. Porque yo ya soy grande. Tom es un bebé.

—Yo no soy ningún bebé —aulló Tom.

—Quiero ver cómo mamá se saca la bombacha. Quiero verte los pelitos de abajo —dijo Soledad.

—Yo también quiero ver la concha peluda de mamita —dijo Tom.

—Cuando yo sea grande voy a tener una concha peluda —dijo Soledad.

—¡Pero nunca de nunca vas a tener un pito! —dijo Tom.

—¡Y vos nunca de nunca vas a tener mis años! ¡Por más que cumplas y cumplas años nunca vas a tener mis años! —dijo Soledad.

—Quiero que se vayan —dijo mamá en voz muy baja, temblorosa, amenazadora.

—Y yo quiero verte las tetas —dijo Tom—. Al bebé lo dejás chupar y a mí no.

—Sí, sí, eso queremos, tetas tatas titas totas tetas tetas —canturreó Soledad.

Con todo su peso Soledad se abalanzó sobre mamita para desabrocharle la blusa, mientras Tom le metía las manitos por abajo. El ataque fue repentino, mamá no lo esperaba y su nuca golpeó fuerte contra los azulejos blancos y celestes, con motivos geométricos. El golpe la atontó y al mismo tiempo la hizo perder el control. Agarró a cada uno de un brazo, apretando con bastante fuerza como para dejarles marcadas las huellas de sus dedos. Casi no sentía dolor en la mano herida. Caminar, en cambio, era un puro esfuerzo de voluntad. Los arrastró fuera del baño, por el pasillo.

Cuando calculó que estaba lo bastante lejos los soltó de golpe, empujándolos para asegurarse de que se cayeran. Corrió hacia el baño apoyándose en las paredes, sintiendo que Tom y Soledad se levantaban, escuchando sus pasitos livianos y veloces otra vez hacia ella, alcanzó sin embargo a meterse en el baño y cerrar la puerta sobre un pie de Soledad, que no gritó. Empujó la puerta hasta que Soledad, jadeando de dolor pero todavía en silencio, tuvo que sacar el pie. Pudo cerrar la puerta y dar vuelta la llave.

Mamá se sentó en el inodoro, apoyó la cabeza en un toallón y se puso a llorar. Lloró y lloró, aliviándose, sintiendo que un sollozo provocaba al otro, lo buscaba. Lloró como quien vomita hasta escuchar, de pronto, a través de su propio llanto, otro llanto nítido, distinto, que se acompasaba extrañamente con el suyo. El bebé. Su bebé. Se acercó a la puerta, apoyó el oído. Se oían risitas ahogadas. Estaban allí. Ahora la tenían en sus manos, sin defensas. Un rehén. Rescatarlo.

Muy lentamente, tratando de no hacer ruido, dio vuelta la llave en la cerradura y abrió la puerta de golpe. Tom, que estaba del otro lado apoyándose con todo su peso, cayó sobre los mosaicos golpeándose la cabeza. Mamá rengueó hasta la pieza de los chicos. Soledad, sentada, sostenía al bebé sobre su falda. La golpeó en la cara con la mano abierta, arrancándole al bebé de los brazos. Soledad tropezó contra una sillita baja y eso le dio tiempo a mamá a adelantarse. Pronto estuvo otra vez en el baño con el bebé. Tom seguía en el suelo, gritando y pateando. Lo empujó afuera con el pie y volvió a cerrar con llave.

Su bebé. Chiquito. Indefenso. Suyo. Mamá lo abrazó, lo olió. La leche empezó a fluir otra vez, mansamente, de sus pechos. Se tocó la nuca. Apenas un chichón. Puso su cara contra la del bebé, tan suave, cubierta por un vello rubio casi invisible. Despedía calor, amor. Mamá lo acunó mientras cantaba una dulcísima melodía sin palabras. El bebé era todavía suyo, todo suyo, una parte de ella. Movía incontroladamente los bracitos como si quisiera acariciarla, jugar con su nariz. Tenía las uñitas largas. Demasiado largas, podía lastimarse la carita: una buena madre, una madre que realmente quiere a sus hijos, les corta las uñas más seguido. Algunos movimientos parecían completamente azarosos, otros eran casi deliberados, como si se propusieran algún fin. El índice de la mano derecha del bebé entró en el ojo de mamá provocándole una profunda lesión en la córnea. El bebé sonrió con su sonrisa desdentada.

Auténticos zombies antillanos

En un cuento de Andersen los zapatos de la Suerte cumplen los deseos de quien los lleve puestos y esa realización trae desdicha. Cuando alguien se atreve a desear, en forma simple y directa, ser feliz, recibe la muerte. No porque los zapatos mágicos hayan fallado, sino todo lo contrario: porque la felicidad exige la anulación de los deseos.

Disneyworld, para muchas familias latinoamericanas, es la representación misma del deseo y la ilusión. El viaje al Paraíso se ofrece como premio en infinitos (porque se reproducen y renuevan) concursos infantiles. Acceder al Paraíso es una exhibición de prosperidad, el resultado de un golpe de suerte, una promesa de parientes ricos, una fantasía imposible de los pobres.

En el mundo real, Disneyworld es un parque de diversiones grande y hermoso. Para quien no espera o imagina otra cosa, es un lugar de placer. Pero no es el Paraíso. Los adultos lo saben: los chicos no. Por eso, a partir de cierta edad, les resulta decepcionante.

Así, después de varios días en Disneyworld, Gonzalo Ramos estaba cansado y un poco triste. Unos años antes hubiera conseguido sostener la ilusión. Ahora veía por todas partes espectáculos y representaciones: y él había esperado encontrar la Cosa Misma. Los disfrazados parecían disfrazados, los muñe-

25

cos parecían muñecos. Su hermana Ximena le llevaba la justa cantidad de años necesaria para amortiguar las expectativas. A Ximena, como a sus padres, le fascinaba la calidad artesanal y la perfección de movimientos de los robots o de las imágenes holográficas que imitaban cocodrilos, fantasmas o piratas.

Gonzalo, en cambio, había ido a ver y tocar Cocodrilos, Fantasmas y Piratas.

La familia Ramos se alojaba en un hotel de Miami Beach. Alquilaron un auto. Y todos los días, a la ida y a la vuelta, se perdían en las autopistas que comunicaban Miami con Orlando. Al principio los padres de Gonzalo se peleaban. La madre hacía de copiloto mirando el mapa. Al rato se descubría que los estaba llevando por un camino equivocado. El padre estallaba furioso, le sacaba el mapa de las manos y lo desplegaba peligrosamente sobre el volante. Pero cuando el padre elegía las entradas o salidas de las autopistas, se perdían también. Sobre el final de la estadía, más relajados, podían reírse de su propia desorientación y la tarea de encontrar el camino se convirtió en una broma familiar.

Hacía mucho calor. Las colas para entrar a cada atracción eran larguísimas: después de todo un día en Disneyworld, los Ramos, agotados, habían visto más espaldas sudorosas que cualquier otra cosa. Mucha gente era gorda en grado asombroso. Los integrantes de la familia se burlaban entre ellos de algunas moles que veían desplazarse lentamente por el parque, comiendo gigantescas porciones de alimen tos. Pero también se sentían vagamente amenazados por esos hombres y mujeres rubios, de enorme contextura física, casi sin cuello, con los ojos claros hundidos en la cara como pasas en la masa de una torta, altos, inmensos y distantes, refugiados en sus castillos de grasa, que los hacían sentir frágiles y pequeños.

Faltaban tres días para volver. Los Ramos estaban con ganas de llegar a casa y empezar a contar sus aventuras. Habían decidido no volver a Disneyworld, no porque hubieran terminado de conocerlo todo, sino porque habían comprendido que esa misión era imposible o inútil.

En los alrededores de Miami encontraron muchas otras diversiones para toda la familia. Vieron los delfines y las orcas del Seaquarium. Fueron a la Jungla de los Simios, donde la gente se pasea encerrada por un pasillo enrejado mientras los monos hacen muecas desde afuera. En la Isla de los Pájaros había papagayos que parecían pintados. Una noche participaron alentando a su equipo en extraños combates entre caballeros medievales. Pasearon por el Parque Nacional de Everglades, visitaron el Museo de Cera y parecía que no habría más diversiones antes de tomar el avión cuando Gonzalo descubrió un anuncio que decía así, en inglés y en castellano:

El *Show de Los Muertos Vivos*

Un espectáculo vudú para toda la familia
¡Con auténticos zombies antillanos!
Entrada: 20 U$S

Niños menores de 14 años: 10 U$S
Cafetería del Barón Samedí

También figuraban el horario y la dirección: un lugar en las afueras de Miami. Los padres de Gonzalo se rieron un poco y comentaron cómo habían cambiado los tiempos: lo que antes asustaba a los grandes ahora divertía a los chicos.

El espectáculo empezaba a las siete de la tarde. Salieron muy temprano, calculando lo que les llevaría perderse y encontrarse varias veces en los laberintos de cemento. Consiguieron llegar justo a la hora del primer show.

La cafetería del Barón Samedí estaba adornada con Signos Mágicos. Para acceder a la puerta había que atravesar un círculo de piedras y pasar junto a un chivo ahorcado y dos pollos negros atados por las patas y colgados cabeza abajo. Por supuesto, los animales eran de plástico.

Adentro faltaba la clásica alfombra que decoraba todos los locales. El piso estaba desnudo para que las camareras pudieran servir deslizándose sobre patines. Al fondo había un escenario pequeño con amplificadores a los costados. Un olor raro, difícil de reconocer, flotaba por encima de esa mezcla de aromas (básicamente plástico y desodorantes) que los Ramos llamaban "olor a Estados Unidos". Como en Disneyworld, había turistas de todas partes del mundo, sobre todo familias con chicos.

Apenas tuvieron tiempo de sentarse cuando se descorrió el telón y un hombre negro, alto, de traje,

28

con anteojos oscuros, se adelantó hacia el micrófono. Tenía un aspecto peligroso y antipático. Empezó a recitar en un inglés raro, con palabras en otros idiomas, muy distinto del idioma prolijo y sin sorpresas que Miss Carola les enseñaba a los chicos en el colegio.

Soy el Barón Samedí,
el Barón La Muerte, el Barón La Cruz
El Amo de las Tumbas soy,
soy un servidor de Ogún.

El papá les explicó que el acento raro provenía probablemente de su lengua natal, que debía ser el créole, una mezcla de francés con idiomas africanos que se habla en Haití y en las islas francesas del Caribe. También les dijo que el animador estaba haciendo un guiso un poco confuso con muchos elementos de la religión vudú.

El Fin es el Principio
el Principio es el Fin.
Yo soy el servidor de la Serpiente.
Yo soy el servidor de Damballah.

Provocaba un efecto de sacudida escuchar esas palabras en boca de un señor vestido de una manera tan común. Al principio Gonzalo se extrañó de que el Barón Samedí no se vistiera de manera más llamativa para el espectáculo. Con lentejuelas o dorados o flecos. O pintándose el cuerpo. Después se fue dando cuenta de que así, de traje y corbata, asustaba más que si estuviera disfrazado.

Yo soy un Servidor de los Invisibles,
pero otros me sirven a mí.
Mis esclavos, mis zombies, los convoco:
con sus tambores, vengan aquí.

Dos hombres y una mujer aparecieron en el escenario trayendo dos tambores chicos y uno tan grande que había que empujarlo. Los hombres se movían lentamente. Había algo muy extraño en sus miradas negras y vacías. Los párpados estaban pintados de blanco y las pupilas eran enormes. Empezaron a tocar los tambores de manera difícil de entender, como si golpearan porque sí, sin ningún ritmo, como hacen los niños pequeños. Producían un ruido francamente molesto que los amplificadores hacían resonar por toda la cafetería.

Una camarera en patines les alcanzó cuatro vasos de agua con hielo.

—Si sabía no venía —dijo la mamá de Gonzalo tapándose los oídos—. Esto es peor que una discoteca. Ya estoy vieja para aguantar semejante volumen.

—No me gustan los ojos de esos tipos —dijo el señor Ramos—. Parecen drogados.

—Papá, pueden ser lentes de contacto —dijo Ximena.

Por encima del ruido se escuchaba la voz del animador:

Doy la bienvenida a los amigos brasileños
hermanos en Ogún y en Orixá,
hermanos en macumba y candomblé.

Una luz repentina iluminó una mesa donde, en efecto, se sentaba un grupo de brasileños que agradecieron en portugués.

Mientras tanto la familia Ramos le encargó a la camarera una pizza Margarita con doble queso, Seven Up para Gonzalo y su papá, Coca para Ximena y Coca Light para su madre. Trataban de hablar en voz baja para no molestar a los actores.

Doy la bienvenida a los amigos argentinos,
hermanos en el pacto con Mandinga,
hermanos en Salamanca y lobizón.

Los Ramos se sobresaltaron un poco cuando el foco los señaló. El Barón Samedí no tenía cómo saber de dónde eran ellos. A menos que la camarera fuera latina y los hubiera reconocido por el acento, propuso Ximena. Papá Ramos prometió a los chicos explicarles después del show por qué el animador había dicho eso y qué era exactamente la Salamanca.

El Barón Samedí siguió saludando a los amigos suecos y a los amigos japoneses. Ximena le preguntó a su papá si Duvalier, el dictador de Haití durante tantos años, había sido como Videla. El papá pensó un poco y le dijo que no del todo, que se parecía más a Pinochet por los anteojos negros.

31

Entonces, obedeciendo una orden del Barón Samedí, los tres zombies se adelantaron y empezaron a hacer ciertas pruebas destinadas a demostrar que eran totalmente esclavos del Amo de los Cementerios. Y que estaban realmente muertos.

Los chicos conocían algunos trucos porque ya los habían visto en el circo o por la tele. Los zombies caminaron descalzos sobre carbones encendidos, se pincharon con agujas y se clavaron cuchillos sin que saliera sangre. Se aplicaron contra la lengua la brasa de un cigarrillo. Comieron cosas asquerosas, como pedazos de vidrio y un limón con cáscara.

La mamá de Gonzalo estaba molesta, el espectáculo le parecía desagradable y se quería ir. Pero justo entonces (Gonzalo y Ximena se pusieron contentos) trajeron la pizza, bien dorada, perfumada, deliciosa.

A continuación el Barón Samedí empezó a tocar un ritmo violento, extraño (pero por lo menos esto sí era música y no solamente ruido), en el tambor grande, el de patas rojas y cara humana, al que llamó Tambor Mamá.

Una mujer muy joven apareció en el escenario, bailando una danza que fue aumentando en velocidad, empujada por el ritmo del tambor, hasta hacerse frenética. La jovencita, que al principio cantaba una frase repetida muchas veces, de golpe echó la cabeza hacia atrás. La expresión de su cara cambió. Le corría saliva espumosa por el costado de la boca torcida, y sus gestos se volvieron salvajes.

El Barón Samedí explicó que estaba poseída por Ogún de los Hierros, el Espíritu de la Guerra y los

Metales, el General Sangrante. La poseída empezó a hacer demostraciones de su fuerza anormal. Era muy raro ver a una muchachita tan delgada levantando con una sola mano una mesa de la cafetería, y después alzando a uno de los japoneses (que se reía como loco, de pura vergüenza) con silla y todo.

—¿Cómo será el truco? —quiso saber Gonzalo.

—Está todo preparado —dijo la mamá—. La silla ésa estará atada al techo con hilos invisibles o algo así.

El número siguiente fue inesperado y horrible. Mientras los tambores, tocados por los zombies, rompían todas las leyes de la música y los tímpanos de los espectadores, el Barón Samedí volvió al escenario trayendo un cerdo negro con las patas atadas y lo degolló en público.

El animal se retorcía y gritaba mientras la sangre se juntaba en un recipiente de metal. Los suecos se levantaron y se fueron. El resto del público murmuraba. Las caras mostraban escándalo y fascinación. Muchos empezaron a ponerse de pie. Era inverosímil que eso estuviera sucediendo en territorio de los Estados Unidos. Se hablaba de denuncias, de juicios.

El Barón Samedí pidió un voluntario para iniciarlo según el rito vudú. Una de las mujeres brasileñas pasó al frente y el Barón le mojó los labios con la sangre del cerdo.

Los padres de Gonzalo y Ximena también querían irse pero Ximena los convenció: ¿acaso no se mataban cerdos a montones, todos los días, para comerlos hechos costillitas?

Entretanto la camarera en patines retiró los platos y tomó los nuevos pedidos. Trataron de hablarle en español, pero ella fingió que no entendía. Como postre papá Ramos pidió una leche malteada y la mamá un pastel de manzana a la moda, o sea con helado de vainilla encima. Los chicos decidieron compartir una banana split.

Una mujer zombie entró al escenario con movimientos torpes, trayendo a un bebé que lloraba a gritos. Lo mantenía alzado por encima de su cabeza, con los brazos estirados.

—Si eso es un chiquito de verdad no me quedo ni un segundo más —dijo la mamá.

Pero resultó ser un muñeco y el llanto era una grabación. Bañaron al falso bebé en sangre de cerdo negro y la brasileña del público empezó a bailar alrededor moviéndose con mucha gracia. No se sabía si ella también estaba poseída o se hacía la poseída nomás.

Los ayudantes retiraron el cadáver del cerdo del escenario. Los zombies volvieron a adelantarse. A un costado, pegado al micrófono, en un susurro que gracias al buen equipo de sonido se escuchaba como un grito, el Barón Samedí seguía hablando.

—Estos hombres ya no son hombres, pero tampoco son verdaderos zombies.

Parecía un mago que se decide a explicar uno de sus trucos, mostrando cómo lo que parece magia no es más que rapidez con los dedos.

—Estos hombres fueron castigados por la Sociedad de la Noche. Porque la Noche es de los Invisibles y no de los Hombres. Estos hombres recibieron los Polvos Mágicos y parecían muertos y como muertos fueron enterrados. Y como zombies fueron desenterrados y se los obligó a comer la Pasta del Olvido y ahora son mis esclavos. ¡Nadie teme a los zombies! ¡Todos temen ser transformados!

Mientras hablaba, los falsos muertos bailaban un número de tap dance, con los brazos colgando, las caras sin expresión y muy desacompasados.

Después el Barón Samedí anunció que ahora sí les haría conocer a un verdadero Muerto-Vivo. Preguntó a los espectadores cómo se puede comprobar que una persona esté muerta de verdad. Gonzalo levantó la mano y dijo que se puede comprobar porque no se sienten los latidos del corazón. De otras mesas hablaron de la respiración y de la actividad cerebral.

Pero el Barón les contestó que había una sola manera de probar con seguridad algo que ni siquiera la raya lisa y brillante del electrocardiograma podía garantizar. Lo que está muerto, se pudre.

Entonces se hizo más fuerte ese olor raro que habían sentido al principio, al entrar a la cafetería. Y un auténtico Muerto-Vivo apareció en escena. Usaba un slip de baño para mostrar las partes de su cuerpo que parecían verdaderamente podridas. Le faltaban mechones de pelo y en ciertas zonas de su cuero cabelludo crecía una especie de moho verdoso.

El animador invitó a los espectadores a subir al escenario para inspeccionar bien de cerca al Muerto-Vivo, y muchos lo hicieron. Se acercaban con espejos, para ver si la respiración del Cuerpo Cadáver los empañaba y hasta apareció un médico con un estetoscopio. Volvían a sus lugares con risitas nerviosas y expresión de asco.

A la mamá el helado de vainilla se le derretía en el plato. En cambio los chicos se devoraban su banana split con muy buen apetito.

La función terminaba con un juicio, un auténtico juicio de la Sociedad de la Noche, la Sociedad de los Animales, la temible Bizango.

El Barón Samedí, transpirando mucho (parecía haber algún problema con los equipos de aire acondicionado), con el traje negro arrugado y la corbata torcida, empezó el nuevo conjuro.

Todos serán juzgados.
Sólo el Culpable
será castigado.
El Niño Inocente
no será condenado.

Con ayuda de la muchachita poseída, que ahora parecía pacífica y normal, empezó a mezclar unos polvos y líquidos en vasos transparentes.

—Ahora —dijo el Barón—, que pase el Niño Inocente.

Y antes de que sus padres alcanzaran a protestar, había arrastrado a Gonzalo al escenario. Entre fórmulas mágicas y golpear de tambores, invitó al chico a probar de una copa con un líquido verde y espeso y después otra con un líquido rojo.

Gonzalo estaba tranquilo y divertido. Lo único que no le gustaba era que lo llamaran "Niño Inocente" y ya se imaginaba las burlas de Ximena. Ojalá no se lo contase a nadie.

Probó primero del líquido verde y frunció la cara. Era feísimo, muy amargo. Después tomó del líquido rojo, que estaba rico. Y anunció al público, en su argentinísimo inglés con ondulaciones de Oxford que hizo sentir orgullosos a sus padres:

—Este verde es horrible y este rojo está dulce, parece Coca sin gas o granadina.

El Barón Samedí intervino.

—La Sociedad Bizango puede ser Dulce como la miel o Amarga como el dolor. Pero sólo castiga al Culpable. El Niño Inocente que vuelva a su mesa. Ahora, que pase el Culpable.

Un hombre gordo, rojizo, borracho, evidentemente norteamericano, fue empujado hacia el escenario entre las risas histéricas de las mujeres que compartían su mesa. Era una caricatura del Culpable, una vil combinación de gula, avaricia, lujuria y corrupción. Un excelente actor, por sobre todas las cosas.

Probó el líquido verde y el rojo de las mismísimas copas que Gonzalo había dejado sobre la mesita y que nadie había tocado. Pero no alcanzó a decir qué gusto tenían. Inmediatamente comenzó la transformación.

Todo sucedía al mismo tiempo, de manera que era imposible darse cuenta de qué había sido lo primero, si los pelos creciéndole por todo el cuerpo, reemplazando la ropa, o la forma en que se le alargó y estiró la cara, formando un hocico mientras los ojos se separaban. El rabo largo iba asomando desde atrás, el pelo crecía y se hacía más espeso, los cuernos se alargaban en la frente, y el que había sido un hombre se ponía en cuatro patas (ya no tenía ni manos ni pies, sino pezuñas hendidas) y balaba como un chivo, como el chivo gordo en el que se había transformado.

· Gonzalo había visto transformaciones como ésa en muchas películas; con el maquillaje y los efectos especiales ahora se podía hacer cualquier cosa. Pero era algo muy distinto ver a un hombre convertirse en chivo ahí mismo, delante de uno. Un silencio grande y asombrado rodeó los balidos desesperados del animal.

De golpe un hombre del público se puso de pie. También era negro y parecía brotar de su cuerpo un inmenso poder.

—Barón Samedí, Bokor, Sacerdote del Mal, te desafío —gritó—. Este hombre no era tuyo, no tenías derecho sobre él. Yo, Hungan, Sacerdote del Bien, te desafío.

—El Mal es el Bien, el Principio es el Fin —aulló el Barón Samedí, torturando los oídos del público gracias a los amplificadores.

—Si no sueltas a ese hombre, voy a encerrar tu Buen Alma en un frasco para toda la eternidad. ¡Te voy a convertir en un Cuerpo Cadáver!

Y nadie pudo entender bien lo que siguió porque ahora los rivales ya no hablaban inglés sino créole o francés, o algún idioma del África. Con las invocaciones a los dioses y las palabras mágicas, humos y nieblas de colores llenaron el local. Como todos lo esperaban, el chivo se transformó otra vez en hombre y volvió a la mesa, tambaleándose.

El telón cayó de golpe y el espectáculo se dio por terminado. Por supuesto, nadie estaba desilusionado; aunque por los comentarios que se escuchaban en la playa de estacionamiento, muchos pensaban que el show había sido demasiado violento para los niños, sobre todo por la mala idea de matar un cerdo en el escenario.

De vuelta en Santiago, Gonzalo habló más de Disneyworld que del espectáculo vudú, al que, sin embargo, recordaba siempre en sus pesadillas. Él y Ximena comentaban a veces entre ellos algunas de las cosas que habían visto y que no se atrevían a contarles a los demás porque parecían de veras increíbles.

Además (y esto sí que era un secreto), desde que había tomado el líquido verde y el líquido rojo, cada vez que se ponía de mal humor, el pie derecho de Gonzalo se transformaba en pezuña y le crecían muchos pelos largos y negros.

Porque ni siquiera un niño es del todo Inocente.

Los días de pesca

Cuando yo era chica, en verano, iba siempre a pescar con mi papá. La caja de pesca era de madera y estaba pintada de verde. Adentro había anzuelos de distintos tamaños: los más chicos eran para pejerreyes y los más grandes para tiburones. También había plomadas. Las plomadas, en general, tenían forma de pirámide. Eran muy pesadas. Tenían esa forma para evitar los enganches en las rocas. Íbamos a pescar al muelle o al Pozo de las Burriquetas y siempre se nos enganchaba la plomada porque había muchas rocas. Yo digo "nos" pero el único que pescaba era mi papá. Es decir, el único que manejaba la caña porque en Miramar había muy poco pique. Yo tenía una cañita pero nunca la llevaba; no me gustaba usarla. Lo que me gustaba era estar parada al lado de papá. En el muelle ya nos conocían y también nosotros conocíamos a los que iban más seguido. Al Flaco, por ejemplo, que tenía el pelo rubio y las cejas completamente negras, y a un señor mayor (mayor que mi papá) que se llamaba Ibarra. Yo me sentía muy orgullosa de los conocimientos que iba adquiriendo y trataba de demostrarlos cada vez que podía. Sabía, por ejemplo, que los meros, aunque son chicos, tiran mucho y que a veces, por la forma en que se dobla la caña, uno puede confundirlos con un pez mucho más grande. Cuando alguno de los pescadores venía trayendo la línea con esfuerzo y la caña se curvaba y vibraba, yo me acercaba y le decía: "Por ahí es un mero, nomás". Sabía también reconocer a los gatuzos, que son como tiburones chiquititos; los que tenían manchas oscuras se llamaban "overos". A los gatuzos les sacaban el anzuelo y los tiraban otra vez al agua. Algunas veces sacábamos un chucho. A los chuchos, me decía papá, hay que aflojarles la estrella porque pegan la disparada y si uno no les da línea la pueden cortar. Después se pegan al piso, haciendo ventosa. Una vez papá fue a pescar solo y cuando volvió contó que había tenido un pique increíble. Que tenía floja la estrella del ril y de repente algo (nunca se supo qué) mordió el anzuelo y pegó tal disparada que el hilo de náilon, por el roce, le quemó el pulgar. Me acuerdo perfectamente de la línea blanca de la quemadura en el pulgar de papá. Y sin embargo, mi papá se murió. ¿No es increíble?

El primer tirón lo sintió en el espinazo, a la altura de la cintura, la noche después de la caída. Nunca más volvió a sentir un dolor tan fuerte. Esa mañana, en la pieza de ellos, había sábanas en el suelo y yo no sabía por qué. "Tuvo que dormir en el suelo toda la noche", me dijo mamá. "En la cama no podía ni darse vuelta". A la noche volvió cansado pero menos dolorido. "Levantarme del suelo me dio un trabajo bárbaro", me dijo. Había ido al médico esa tarde. "Hernia de disco" le diagnosticaron. "Tómese unos calmantes".

En la caja verde había también magrú, que usábamos de carnada. A veces papá me dejaba cortar el magrú, pero siempre lo encarnaba él porque tenía miedo de que me lastimara con los anzuelos. (Papá siempre tenía miedo de que yo me lastimara. Por esa época había inventado un protector de alambre que se ponía en la hoja del cuchillo para que yo aprendiera a pelar naranjas sin cortarme). El magrú tiene un olor fuerte y mamá se enojaba cuando veía la caja de pesca dentro de la casa. La guardábamos en el baúl del auto. En ocasiones muy especiales papá compraba calamaretes y los ponía en el congelador: carnada de lujo. En el muelle había siempre mucho viento. Yo me ponía un pulóver muy gordo de color amarillo mostaza que me había tejido mamá y jugaba a hacerme canasta. El juego consistía en ponerme en cuclillas y estirar el pulóver, que me quedaba grande, hasta que me tapaba completamente las piernas, enganchado en el borde de los zapatos. Otra manera de protegerme del viento era ponerme contra una de las paredes de la casilla que había en la punta del muelle. Cambiaba de pared según cambiaba la dirección del viento.

Con los mediomundos me entretenía tratando de adivinar, cada vez que los levantaban, cuántos cornalitos traían. Generalmente no traían ninguno. Había aprendido a agarrar los cornalitos, que me dejaban en la mano las escamas brillosas, y los ponía en la lata del pescador. Me gustaba el olor de la mezcla que los mediomunderos tiraban cada tanto al agua

43

para atraer a los cornalitos. En el muelle lo único que sacábamos eran gatuzos.

En el Pozo de las Burriquetas teníamos más suerte. Había que bajar una especie de escalerita natural que tenía el acantilado. A mí me parecía muy peligroso y divertido. Papá bajaba primero y me vigilaba desde ahí. El Pozo era una playita angosta y bastante larga. Papá aprovechaba para practicar tiros con la caña y medir hasta dónde llegaba la plomada. Tomaba la medida con los pasos: cada paso era un metro. Yo deseaba que los tiros fueran muy largos pero nunca pasaban de los setenta metros. Me acuerdo clarito de la distancia que había entre las huellas de papá, setenta metros más o menos a lo largo de la playa. Y sin embargo, mi papá se murió. ¿No es increíble?

Los tirones los empezó a sentir después en la pierna derecha. Primero en el pie. Después en la pantorrilla. La columna no le dolía más. En ese momento había problemas financieros en la fábrica y tenía que andar mucho por el centro, de banco en banco. "Dejate de jorobar y andá a un médico como la gente" le decía mamá, que no es amiga de médicos. "Ese de la mutual no sabe nada". La verdad es que papá ya rengueaba bastante y el fin de semana de Reyes no había posición que le viniera bien. Mamá estaba en Mar del Plata con los abuelos y yo me sentía responsable de que papá estuviera lo más cómodo posible. El tirón lo sentía ahora en el muslo; comía medio recostado en el sillón del living.

Donde sí pescábamos de verdad era en lo que papá llamaba "El Pozo Pestilente". Íbamos poco porque estaba lejos. Es el lugar donde desagua la cloaca de Mar del Plata, y donde van a tirar los desechos las fábricas de pescado. Para ir al Pozo Pestilente había que levantarse temprano. El día anterior mamá nos preparaba los sándwiches y las bebidas. Se pescaba desde arriba del acantilado. El suelo estaba cubierto de huesitos de pescado y toda clase de porquerías. Había unas moscas verdes brillantes, o azules y pegajosas que zumbaban fuerte y volaban despacio. Moscas zonzas, les decía papá, por lo pesadas. Allí pescábamos bagres, unos bagres gordos, bigotudos y con feo olor. Papá les cortaba enseguida los bigotes, donde tienen un aguijón. Después, a la noche, protestando mucho, mamá preparaba los bagres en una mayonesa de pescado.

Mientras estábamos pescando no hablábamos casi. Había que estar callados para no espantar a los peces. Papá tenía la caña agarrada con las dos manos y entre el índice y el pulgar de la mano de arriba sostenía el náilon de la línea para sentir el pique. Cuando me dejaba tener la caña un ratito, a mí siempre me parecía que había pique y le hacía levantar enseguida. Teníamos dos problemas: los enganches y las galletas. Cuando había un enganche papá dejaba la caña en el suelo y agarraba el náilon. Lo estiraba lo más que podía y después lo soltaba de golpe. Si no se desenganchaba, se cortaba la línea; pero daba

45

mucho trabajo que pasara cualquiera de las dos cosas. Las galletas eran lo peor. Y a veces venían junto con los enganches. El hilo del ril se engalletaba de tal manera que teníamos que guardar todo y volver a casa para desenredarlo con paciencia. Una galleta brava podía llegar a suspendernos la pesca por toda la semana.

Lo que más me gustaba era la parte de operar a los pescados. Papá los abría en canal con el cuchillo que guardaba en la caja verde y que también servía para cortarles los bigotes a los bagres y la cola a los chuchos. Les sacaba las tripas. Abríamos los intestinos para ver qué habían comido. Mientras lo estábamos haciendo yo me imaginaba que iban a aparecer allí toda clase de maravillas, como anillos mágicos o pedacitos de vidrio. Sin embargo, nunca me decepcionaba porque papá, examinando el picadillo, me daba una larga explicación sobre lo que habían comido los pescados. Además a veces encontrábamos caracoles o cangrejitos. Una vez pescamos una corvina negra con las huevas hinchadas de huevitos. Como era muy grande papá se sacó una foto con la corvina todavía enganchada en el anzuelo. La foto la tengo. Y sin embargo, mi papá se murió. ¿No es increíble?

Tuvo que volver mamá de Mar del Plata para que la operación se decidiera. Primero lo vio un traumatólogo, después un neurólogo. "Si no se opera, pierde el pie", le dijeron. Porque papá y mamá no querían. "Está pinzado el nervio ciático. ¿Le gustaría arrastrar el pie muerto?", le dijeron. Porque sabían que no le gustaría. "No hay alternativa", le dijeron. "Hay que operarse". Porque querían ver lo que tenía adentro.

Dos veces hubo pique en Miramar. Una vez fue el día del cardumen. Era un día de lluvia y estábamos aprovechando para arreglar las líneas. Me gustaban los nuditos de náilon en los anzuelos. De repente tocan el timbre y era el Flaco. "Un cardumen en el muelle", dice, y se va corriendo.

El muelle estaba lleno de gente, erizado de cañas. Había olas altas. Papá tenía miedo de que me pegaran con una plomada en la cabeza y no me dejaba que me separara de al lado de él. No teníamos la caña. Estaban los de siempre y muchos más. Era un cardumen de pescadilla seguido por un cardumen de anchoas. Ibarra había sacado cincuenta y un pescadillas y media: la otra mitad se la había comido una anchoa cuando la estaba trayendo. Las anchoas tenían los dientes filosos y parecían bravas. Las pescadillas eran más tranquilas. El cardumen ya casi había pasado y no valía la pena ir a buscar la caña.

La otra vez que hubo pique tampoco pudimos sacar nada. Fue en el concurso de pesca del tiburón en el Pozo Universal. El Pozo Universal es una playa inmensa, a la entrada de Miramar. Papá no había llevado la caña, pero en cambio tenía la cámara filmadora y filmaba lo que pescaban los demás. En la película yo ya no soy tan chica. Tengo un pulóver azul que me queda grande pero que no alcanza a disimular lo que me está pasando. Tengo un flequillo que me queda muy feo. Se ven muchos tiburones, casi todos hembras, preñadas. En una escena un chico morocho pisa la panza de una tiburona y salen seis o siete tiburoncitos todavía moviéndose. Él no aparece en ninguna toma, pero uno sabe todo el tiempo que está ahí nomás, del otro lado de la cámara. Y sin embargo, mi papá se murió. ¿No es increíble?

El día anterior, en el sanatorio, nos pidió que lo filmáramos. Habían pasado tres días desde la operación. A papá le gustaba llevar el registro filmado de todos los acontecimientos importantes: el coche volcado, el asalto a la fábrica, mi varicela. Yo no tenía muchas ganas de filmarlo. Estaba acostado boca arriba, sin poder moverse. Tenía una aguja clavada en el brazo. La aguja estaba conectada a un cañito de náilon que salía de una bolsa llena de líquido, sostenida por un soporte alto y vertical. Pero papá se sentía mejor y me pidió que le trajera mazapán.

A los pescados el anzuelo no siempre se les clavaba en la boca. A veces se lo tragaban y sacárselo era una carnicería, porque había que operarlos vivos. Otras veces estaba enganchado en una aleta, o en el cuerpo. En ese caso papá decía que el pescado era "robado". Cuando íbamos al Pozo Pestilente llevábamos siempre el robador, que es un gancho grande, como un anzuelo gigante de cuatro puntas (o como cuatro anzuelos gigantes pegados). El robador sirve para levantar los pescados más pesados sin que se corte la línea. Cuando parecía que había picado algo grande papá me pedía, mientras recogía la línea, que fuera preparando el robador. Las burriquetas, cuando las sacaban del agua, hacían un ruido raro y continuado, como un ronquido. Por eso las llamaban también roncadoras. Los que aguantaban más en el aire eran los tiburones. Los chuchos también eran aguantadores, y eso que cuando papá les cortaba la cola con el pinche les salía bastante sangre.

Nunca se me ocurrió preguntarle a papá por qué se morían los pescados fuera del agua. Como no tenían nariz, me parecía natural que no pudieran respirar. A papá le gustaba mucho explicarme cosas y mientras estábamos pescando yo trataba de inventar preguntas difíciles para que él me las pudiera contestar. Y sin embargo, mi papá se murió. ¿No es increíble?

"Me ahogo", me dijo mamá llorando que papá le dijo. Y cuando ella levantó la vista, le vio los ojos desesperados, desorbitados. Con el oxígeno no pudieron hacer nada, ni con los masajes al corazón. Ni con la coramina. No volvió a respirar. "Hicimos todo lo que pudimos", me dijo mamá llorando. "Fue una embolia. Los pulmones".

Cuando yo era chica, en verano, iba siempre a pescar con mi papá. Y sin embargo, mi papá se murió. ¿No es increíble? Lo pescaron.

Forastero en el sur

Cuando nuestros cuerpos humanos han llegado a cierta edad se insinúa (sutilmente se ordena) que aquellos de entre nosotros capaces de comunicarse con fluidez con los habitantes de este planeta que se llama a sí mismo la Tierra, aquellos capaces, repito, reitero (sinonimizo, neologizo: de mi dominio lenguaraz me jacto), deberían intentar relacionarse con hembras humanas.

Aunque luzca con aparente comodidad esta envoltura física, no soy ella sino que en ella estoy, mi cuerpo como una vestidura: nada de mí (creo y espero) es humano (quiero y deseo), salvo el jactarse: temo. Recibí la insinuación de aparearme, sutil orden, con lamentable angustia: he aquí que las hembras humanas provocaban en mí riesgoso, desobediente desagrado.

Quizás, razoné, nosotros-yo (ay del razonar con este primitivo equipo de células pensantes, puentes axón-dendrita tan angostos para la anchura total de un pensamiento), quizás una muestra verbal de aquello que un varón humano encuentra atractivo en una hembra podría volverlas más atrayentes para mí, por el en-volverlas en esto que de los humanos amo tanto, el orgásmico goce del idioma.

Solicité entonces la ayuda de uno de ellos, un Traidor-Informante que había colaborado otras veces conmigo: en su oficio de taxista, me había hecho conocer la ciudad en todos los recovecos de su habla. Y en nuestros viajes de lengua (conozco juegos: digo aquí lengua únicamente por idioma) ya me había mostrado su interés general, heteróclito y confuso por toda hembra.

Para iniciar mi aprendizaje optó el Informante por recortar campo tan vasto. Nos limitamos, entonces, en la primera lección, a las glándulas mamarias.

Observamos una mujer al azar, mujer que vestía blusa o camisa sin apreciable escote pero (hízome notar el Traidor) resultaba esa prenda algo pequeña. Por lo que arrugas, o naturales alforzas, marcaban el presionar de sus glándulas contra la tela, rayos de un sol cuyo centro fuera el pezón. No joven, no bella mujer: pero para qué le vas a mirar la cara, insistió el Traidor. Como si fuera a rasgarse, la tela, como si fuera a reventar, rotos los hilos de su trama por el impulso de esas glándulas enérgicas, afirmativas.

Pero eso fue fácil: desafiante, me pidió el Traidor (en jactanciosa exhibición de verba) que eligiera hembra no por completo marchita a la que considerara yo de difícil elogio.

Elegí un ejemplar anodino, hembra insignificante más que fea, mujer de zapatos viejos y falda a media pierna, encaminándose, por su edad avanzada, hacia su propio personal crepúsculo.

Ésas, me dijo el traidor, al final resultan las más putas.

¡Oh Traidor! ¡Oh efectista simpleza de tu lengua! Tetas flojas, abundó mi Informante, me juego las bolas a que estrías no les faltan. Como bolsitas vacías, abundó aún, pezón peligrosamente acercándose al ombligo y sin embargo. Y sin embargo, ya ves, particular placer puede obtenerse de semejantes agotadas glándulas, elásticas, adaptables, capaces de rodear, hábilmente manipuladas, en circular abrazo el instrumento masculino.

Las hay glándulas tímidas, me explicó el Traidor, que sólo florecen en la oscuridad, al roce insistente del pezón,

las hay tan pequeñas que protuberan apenas de la tabla lisa que domina-marca el esternón,

y si con las de tamaño desbordante tiéntase el hombre de hundir en ellas su cara, balancear en las palmas su gran peso,

goce es de las medianas el poder ser aprehendidas íntegras en la mano, dedos rodeándolas todas como frutos cuyas madurez se tienta,

y las pequeñas producen, al sabedor, el peculiar goce de tantear su relieve, como un ciego su leve Braille.

Y aún a mayor abundamiento, se explayó en la existencia de glándulas mamarias que son llevadas con bamboleante porte por su dueña,

que son valiosamente escondidas de modo que la decepción de una triste figura se atenúa por la gloria de su hallazgo,

que se mantienen altas y elegantes, apuntando, como ojos bizcos, a izquierda y a derecha sus pezones,

que son particular orgullo de su dueña por las aréolas grandes y violáceas.

He de sobrevolar la Segunda Lección en todo semejante a la Primera. Dedicada a enfatizar, calificar, clasificar la zona donde la columna que a todo humano vertebra, finaliza para dar paso a dos sectores gemelos, musculares, con depósitos de lípidos incluidos: buena grupa, lindas ancas, desbroza el Traidor, embelleciendo con su palabra creadora aun los menos tensos ejemplares.

He de sobrevolar del mismo modo la Tercera Lección, cuyo tema fue la belleza intrínseca, intrincada de toda pierna femenina.

Sobrevuelo aún la sabia descripción de otras parciales partes, hasta aterrizar en el campo de la Última Lección Teórica, el de la hembra humana considerada como unidad psicofísica total.

Escuché así las siguientes alabanzas que literalmente, oralmente, con precisión transcribo, sin opiniones ni variantes.

• cómo se mueve esa yegua así se debe mover en la cama.

• juná los aires que se da esa potranca se cree que lo sabe todo sabés cómo yo le enseñaría.

• ternerita pobrecita con esa pinta de boludita ya la tendría toda bien adentro y todavía estaría poniendo carita de no darse cuenta.

• una señora, con ese traje, ni un pendejo fuera de lugar debe tener, maquillaje impecable bien señora son las mejores cuando se desatan, eso sí, hay que saber ponerlas locas.

• una profesional de las que cobran en el fondo más difíciles que ninguna, en el peor de los casos apuradas, berretas, en el fondo para un macho en serio, un flor de desafío.

• esa flaca histérica con ésas mejor te conseguís una cama con barrotes hay que atarlas, violarlas te juro que después te están agradecidas.

• la de pollerita negra bien cortita cómo se la pasa estirándosela ahí sentada para que nadie deje de darse cuenta cómo se le ve la bombachita de encaje, cruza descruza las gambaroli se hace la vergonzosa.

• la que se acomoda el bretel fijate con qué ojitos me mira así son todas las muy reputonas cuando están acompañadas juegan a mirarte el salame que tienen al lado ni se da cuenta.

• embarazadita mi negra quién habrá sido el que te midió el aceite mirá que me pongo celoso, esa pancita me da vuelta.

• a ésa hay que pelarla como a una cebollita, hasta enagua debe tener de puro antigua, me encanta desabrochar botoncitos de a uno sin apuro metiendo la mano de a poquito.

• la dientuda bienuda ojos celestes de princesa imaginátelos mirándote desde abajo la trompita tan fina trabajando con la cosa haciéndole cosquillitas en la garganta.

• juná cómo se le mueven a cada paso a propósito no se puso corpiño me juego que abajo del jean no tiene nada fijate cómo se le mete bien incrustada en la rayita.

• de vos me enamoraría, hermosa, carita de hada cuerpito de diosa no hay nada más lindo que coger enamorado, corazón.

Tras la cual conferencia consideré que había llegado, al fin, a través de los encantos del idioma, a los encantos de la cosa idiomada.

¡Ah multifacético Traidor! Allí fuimos, surcando la noche, en busca de hembra que apaciguara mi instinto nuevo, como reventada yema de primavera, así crecedor.

No juzgándome, el Informante, todavía apto para obtener por mi propia destreza los beneficios de mujer, me condujo al abordaje de una profesional idónea, abundante en eficiencia, que nos permitiría en una lección práctica compartir, profesor y alumno, los materiales de trabajo.

Entramos en noctívaga tienda. Allí, en elevado podio, exhibían gauchos su boleadora destreza, danzaban las figuras del tango, se despojaban de sus ropas hembras de toda edad y pelaje hasta quedar en su propia piel humana.

El Traidor me ordenó no interesarme en las mujeres aquellas que sobre el escenario perfeccionaban el rito. Porque ésas, me explicó, no estaban al alcance de nuestro peculio. ¿Y no se oponía, acaso, semejante información a su propia lección básica general sobre los intercambiables encantos de toda hembra? ¿Es que las había, entonces, enérgicamente más caras?

Y he aquí a nuestro Informante regateando (arte no menos complejo que el del amor) los servicios de una hembra dispuesta a iniciarme en el viaje de despegue, de la aceleración y el estallido.

Y he aquí que ya estamos los tres en cierta vivienda que pertenece a la mujer, bella mujer que musita las tres palabras de la magia y la alegría, las tres palabras que desde entonces vinculadas, ligadas están en mí con el amor: es otro precio, musita la muy bella cuando le pide el Informante que se quite el corpiño que sostiene sus rotundos globulados senos, es otro precio, cuando le solicita que active el trabajo de sus dedos en nuestras erógenas bolsas de semillas, es otro precio cuando pide su lengua para frotarse didácticamente con la mía, es otro precio, murmura, musita, seductoramente insinuando, murmullando, es otro precio, si se la invita a que jadee, es otro precio si se la convida a cumplir con su función de actriz hábil en el simulacro del placer, es otro precio sopla su aliento tibio en mi pabellón auricular si exijo el privilegio de introducir en mi boca esa glándula que por un sistema de bomba de succión alimenta a los humanos en su origen, es otro precio si queremos que varíe su rígida postura boca arriba por otras más flexibles, aptas para reducir la amplitud de ese pasaje excesivamente transitado, es otro precio si le proponemos inmiscuirnos en la otra entrada, la secreta, la del diablo, la de los niños y los locos, es otro precio.

Y hete aquí que llegué así al fin, esperada pero sorpresivamente, al violento, descentrador, puntual éxtasis, estallido final: nuevo para nosotros-yo, desmesurante. Y sin embargo.

Y sin embargo no nuevo: recordable. Puesto que mi memoria racial tenía registro de un terremoto comparable. Una comparable sensación de golpear la pista en brutal aterrizaje. Como si hubiera entregado parte de mi esencia vital, sometido ahora por esta languidez, esta vaga sensación de placer en el agotamiento, esta profunda indefensión.

Indefensión. Sólo un grupo de seres reconozco en la galaxia capaces de provocar la indefensión total por el placer. De ellos huimos, de la raza que nos expulsó de nuestro planeta, de nuestra galaxia, de esos seres fatales que nos obligaron a refugiarnos en esta extraña Tierra, de ellos huimos, de nuestros temibles compañeros de mundo. De su arma huimos, esa arma imantada que buscábamos con desesperación, que desesperados nos hundía. Así, transmutados en humanos varones, llegamos a la Tierra. ¡Y allí nos esperaban! ¡Uno de la Raza Fatal era quien (ella-bella) estaba frente a mí!

Sí, es cierto, los seguimos, explicaba la Hembra. No podíamos permitir que se alejaran de nosotros: los necesitábamos para sobrevivir. A lo largo de transmutaciones, dimensiones y planetas los seguimos, los buscamos. (Y el Traidor de los Traidores mudamente abría los brazos, suspiraba). He aquí que ustedes, sobre la Tierra, son o creen ser los hombres. Nosotros, los enemigos, la Raza Fatal, somos las hembras humanas, las mujeres.

No todos entre nosotros, entre ustedes, lo recuerdan, pero alcanzan los vagos harapos de la memoria para perpetuar esta violencia, para perversamente amarnos. Los que olvidaron, los que se creen a sí mismos aborígenes, nativos, verdaderamente humanos, ellos lo llaman así: la Guerra de los Sexos.

La Guerra, sí, el Enemigo. Y sin embargo nosotros-yo la amaba, a ella-bella: acopié todo el calor de mi sangre mamífera en una mirada y, enviándosela, la acompañé con las palabras de amor, las que maestra-ella me había enseñado.

Es otro precio, le dije dulcemente.

La revancha

¿Usted sabe hasta dónde llegaban los hematomas? Hasta las vértebras prácticamente de la víctima. En la segunda autopsia faltaba una parte del cuello y lo mismo se veían todavía las huellas de los dedos: el pulgar, el índice, el mayor. Extraordinario. Ésa era la fuerza del Flaco. No tenía el músculo tradicional, abultado, del boxeador norteamericano. De la punta de la uña hasta el hombro, todo derecho como una barra de hierro.

Yo leí lo que salió en su momento en los diarios, en las revistas. Después escuché el juicio por la radio, como todo el país, pero distinto, porque a mí me tocaba en lo personal. El abogado de la familia de ella salió hablando del placer del estrangulador, le cito palabras textuales, que siente cómo se escurre entre sus manos la vida de la víctima. Dos cosas tengo que objetar: primero, al decir "entre sus manos" habló de más, porque fue con una sola, la derecha. Segundo, ¿qué placer? Veinte a treinta segundos hasta que la víctima pierde la conciencia. Placer cortito, y en esos treinta segundos el hombre pierde todo, mata a la mujer, deja huérfano al hijo, destruye todo lo que consiguió en tantos años, toda la gloria de campeón, todo. Entonces la gente se pregunta, cómo puede ser, cómo puede ser.

Pero yo no me pregunto nada porque lo sé con certeza, porque ahí se da mi intervención personal en forma directa, ésa es mi revancha. Es historia larga, si tiene paciencia se la cuento.

Yo me empecé a interesar en el boxeo de pibe. Éramos vecinos de un campeón de la Armada Nacional. Mi padre, que era militar, me hizo un lugar con dos palos de escoba enganchados en la pared y la bolsa esa tipo marinera que tenían los militares para su equipo. La rellenó de arena mezclada con aserrín y me enseñó el abecé del boxeo. Nunca peleé. Pero fue una de las pasiones de mi vida. Como el fútbol.

Tuve una vida como todos: yo a Dios le di las gracias tanto cuando me fue bien como cuando me fue mal. A mí no me gustaba el estudio de chico, me pegaron mucho para que estudiara, no estudié. Quería trabajar, trabajé. Entré en Marina, trabajé once años en la Armada Nacional. Yo fui civil, escalé muy rápido por mi capacidad de oficinista: dactilógrafo de setenta y seis palabras por minuto sin errores, en la Pitman daban el diploma con cuarenta y cinco. Pero un día... yo abría las ventanas y veía que el sol no era mío, el aire no era mío... Tenía esa rebeldía, ese deseo de ser independiente. Puse un almacén y me fundí. Me mató el barrio, la confianza, la libreta de hule: mañana te pago, a fin de mes te pago, llega el día y no te pago nada. Después empecé a hacer negocios de otra clase y me fui levantando. Cosas normales, de la vida.

La desgracia inesperada fue cuando me nació el primer hijo. El chiquito trajo doble luxación de cadera, con una deformación poco común, que no se arreglaba así nomás. Al menos en ese tiempo, ahora se hicieron muchos avances de la medicina. Había un médico que lo trataba desde bebé, un traumatólogo que era una eminencia, el doctor Bordaberre. El tipo había inventado un sistema de cuatro posturas que a los pibes los iban enyesando y tenían que estar tres meses en cada postura. ¿Sabe lo que sufría cada vez con el yesito nuevo hasta que se acostumbraba? Mi señora dormía toda la noche con el nene encima, le hacía de colchón. Pero a este pobrecito mío le sacaban el yeso y paf, en el momento mismo se volvían a zafar de lugar la cabeza de los fémur. El doctor Bordaberre llegó hasta donde pudo y dijo: hasta acá, más no se puede. Si lo llevan a Estados Unidos, a Europa, lo mismo es, no van a poder más que esto.

Pero mi señora no se quería conformar, vio cómo son las mujeres. En el fondo yo tampoco, qué le voy a echar la culpa a ella. Es triste hacerse a la idea de que un chico no camine. El Dani iba creciendo, siempre en su sillita de ruedas. Muy inteligente. Un día encontramos un médico que dijo que él lo operaba y lo sacaba andando: mentira. Después que lo operó quedó peor, ya poco sentado podía estar. De a ratos nomás aguantaba en la silla y se tenía que acostar. Empezó a sufrir de los pulmones. Congestión pulmonar, por la posición. Cada invierno no sabíamos si pasaba. Fue entonces que lo conocí al hombre que me cambió la vida, un gran mentalista, el Hermano Zelaya, el que unió mi vida al destino del Flaco.

Los humanos somos así: cuando te va bien, te creés que todo te lo conseguiste solo. Cuando te va mal, recién empezás a respetar la suerte, el destino.

El Hermano Zelaya era muy espiritual. Tenía poderes de verdad, controlaba a los ángeles. Es decir, él tenía control de un ángel importante que a la vez podía manejar a otros más chicos. Los ángeles son seres de cuidado, pero el Hermano Zelaya sabía cómo tratarlos. Y así íbamos pasando cada invierno, siempre con el corazón en la boca.

Yo lo veía al chico mío ahí acostado, cuanto mucho sentadito, y me agarraba una impotencia como no le puedo decir. Por suerte tenía esa gran pasión del boxeo, que me sacaba de la tristeza, me hacía pensar en otra cosa. El boxeo, no como ahora, era un espectáculo de multitudes. Ahora está todo suplido por la televisión.

Íbamos siempre al Luna Park con mi señora. Era como un rito la bajadita ésa, se veía la gente que venía de todos lados, parecíamos hormiguitas entrando al hormiguero. Primero paseábamos por Florida, calle de lujo. Mire que cambió toda esa zona. Después sacábamos entradas acá y entrábamos por el otro lado, se daba toda la vuelta al edificio y en el camino íbamos parando en los bares. Como le digo, un ritual.

Yo los vi a todos. A Pascual Pérez. Por supuesto quién no lo vio a Nicolino Locche, gran maestro. Eso sí, no fue parejo como el Flaco. Yo diría que Nicolino tuvo una obra maestra máxima, como un pintor, como un escritor escribe su obra cumbre, que fue la pelea del título. Y después, bueno, irregular por indolencia, Locche.

En el Luna Park, en la época en que el Flaco empieza a ser fondista, se hacía cada pelea. Hubo una

Saldaño-Cachazú que había veintidós mil y pico de personas y yo la vi arriba de los hombros de otro y otro arriba de los hombros míos, así como le digo, como venga. En ese fervor de la multitud uno se olvida de todo. Eran grandes peleas entre semi-ídolos, tipos que tenían su hinchada.

En cambio al Flaco Escopeta que le decían, le costaba mucho meterse en el público del Luna. No tenía la entrada que tenían otros en ese momento. Había boxeadores muy taquilleros, a lo mejor sin grandes condiciones, aporreadores ¿vio?, esos que como máxima virtud tienen lo de tirar golpes y descuidan un poco la defensa, se dejan pegar, nomás que ellos dan más fuerte. Abel Cachazú, Jorge Saldaño, Oscar Bonavena. Y había muchos otros. El Flaco era distinto, sabía pegar sin dejarse.

Tal vez uno de los motivos por los que más le costó entrar en la gente es que era calculador el Flaco. Él decía: yo no mido al rival, yo no sé ni quién es, yo lo tomo como alguien que me viene a sacar la plata del bolsillo. Ése era el sentimiento que tenía él para el contrario. Ahora, arriba del ring, cuando el Flaco lo miraba, daban ganas de irse. Él tuvo una mirada para mí muy parecida a la de Federico Thompson que vino y peleó con Gatica acá, notable boxeador, absolutamente notable, hoy algo así no existe.

El Flaco era frío. No era un tipo de sacar tanto las manos, de dar tanto espectáculo, se cuidaba, él sabía que no tenía aire para regalar: por los problemas que tuvo en la infancia tenía una capacidad pulmonar muy limitada. No le faltaba nada ni le sobraba tampoco. A lo mejor por eso que me hacía acordar al Dani, yo me empecé a fijar en él antes que otros.

Con el Hermano Zelaya conversábamos a veces de boxeo. Sabía. Él sabía de todo, de las cosas de este mundo y también del otro. Años después, cuando se estaba por morir, me tranquilizaba mostrándome a los ángeles que le rodeaban la cama, yo no los veía porque no tenía esos poderes. La cosa es que se acercaba la fecha de la pelea del Flaco con Benvenutti cuando el Hermano Zelaya me preguntó si a mí me interesaba ayudarlo. Al Flaco, digo. Era un buen momento esos días para mí. Noviembre. Un mes tranqui para los males pulmonares. El chiquito había pasado un invierno bravo y pasó entero. Después vino la primavera que al principio tiene lo suyo, el cambio de clima siempre trae mucha peste, bronquitis y cosas. También pasó entero. Ya teníamos la nena, que vino sanita. Cosas buenas de la vida. Con uno impedido y la beba, mi mujer ya no podía casi nunca venir conmigo al Luna, pero estábamos bien, contentos.

Entonces, como le digo, fue que el Hermano Zelaya me ofreció esta posibilidad: mucha gente, me dijo, con sus oraciones, con su fe, hace que gane, pongalé, su equipo de fútbol. Y si usted está de acuerdo, hacemos un trabajo para ayudarlo al Flaco contra Benvenutti. Los trabajos eran caros, pero valían la pena. El Hermano Zelaya no se quedaba casi con plata, también tenía que invertir en las materias primas para los trabajos, algunas eran caras porque había ceras importadas, esencias especiales, reliquias tan verdaderas que no se pueden comprar por ninguna plata sino que los dueños las alquilan. Yo andaba forrado porque me había salido bien una venta grande de papel. Era negocio juntar papel en ese momento, vio que en este país hay que estar atento a lo que se da. En una casa vieja de la calle Bilbao que la usaba como depósito, llegué a juntar como siete mil kilos de papel. Se los vendí a una fábrica de papel higiénico y me hice con buena plata.

La pelea de Benvenutti, en lo previo, a todos los argentinos nos pareció una aventura casi descabellada. El Hermano Zelaya tenía razón: era una de esas situaciones en que hace falta trabajar a la suerte, hacerla actuar de un lado. Benvenutti era un gran campeón, Italia tuvo uno solo como él. Qué sé yo, se le puede comparar Primo Carnera, en la época de Firpo. Pero en la época contemporánea no hubo otro.

El Flaco ya era campeón sudamericano, le había ganado a Jorge Fernández, también un grande, para nosotros casi un campeón sin corona, hoy sería un primera serie. Pero sin embargo cuando le gana a Fernández la primera vez, igual no despertó expectativas, se tomó como un resultado más porque la pelea fue un poco cerrada, ganó bien pero con lo justo. Después le volvió a ganar fácil, ya en esa etapa contaba con mi ayuda espiritual.

Pero para la época en que fue a Italia a pelear con Benvenutti, todavía no sabíamos si el Flaco valía por él realmente o porque Jorge Fernández estaba en declinación, no teníamos cómo comparar. Y cuando el Hermano Zelaya me propuso ayudarlo con un trabajo místico, a mí me gustó. Pensé que si resultaba, Dios me perdone, podía empezar a apostar y obtener ganancia fácil. Ya en esa pelea misma aposté unos pesos, poca cosa, por estas dudas que todos teníamos. Por más que yo confiara en la capacidad de Zelaya de manejar a los ángeles, quería primero verlo en acción. Porque yo había visto cómo él podía ayudar en un lecho de enfermo, pero no lo había visto usar sus poderes en el ring a favor de un boxeador. Las apuestas estaban, qué le puedo decir, veinte a uno a favor de Benvenutti, era como jugarse al peor matungo de la carrera.

Cuando empezó la pelea, nosotros en la Argentina creíamos que el Flaco perdía, no teníamos ningún tipo de expectativa. Hasta ese undécimo round para cualquier jurado del mundo ganaba el Flaco pero nosotros pensábamos que allá, contra el campeón local, no le iban a hacer justicia, la victoria no se la iban a dar por puntos así nomás. Yo puteaba para adentro contra el Hermano Zelaya.

Bueno, llegó el undécimo, sobrevino esa mano terrible del Flaco, y ahí lo tuvo. Y él lo que tenía no lo desaprovechaba. Una alegría grande. Eso era lo bueno de ayudarlo al Flaco, que con un empujoncito de los ángeles, todo lo demás lo hacía solo, por algo le decían el Matador. Le pegó una mano neta, esas manos que sólo se sostiene el rival porque está entre las dos cuerdas y la madera del ángulo. Benvenutti se mantuvo sólo por milagro. Después lo sirvió de vuelta, con esa puntería que tenía él. Que en el boxeo no cualquiera tiene, usted va a ver boxeadores sin grandes condiciones pero que bailan, y con el simple movimiento al rival ya se le desdibuja el blanco. A él no. El Flaco tenía también otra cosa, que es saber cerrarle el camino al rival. Porque usted le metió una mano al contrario y el otro la sintió pero empieza a caminar, a dispararse que uno le dice. Y bueno, el Flaco aprovechaba muy bien esos metros que tiene el ring para cercarlo. Aun en el medio de la soga, que es tan difícil, sin necesidad de tener el apoyo del rincón. Inigualable. Así le pasó años después acá, con Toni Mundini, el australiano, lo sentó en el medio del ring, justo entre medio de las dos sogas. Era certero. Frío pero con agallas: uno de los dos, tres grandes campeones que tuvimos. El otro que yo considero una injusticia dirimir cuál fue el más grande, es Pascualito Pérez, con el golpe de un mediano y la calidad casi de un Locche.

A veces me pregunto qué hubiera sido del Flaco sin los trabajos que yo pagaba para ayudarlo. Yo creo que igual hubiera hecho buena campaña, no tan impecable, pero buena. En la historia del boxeo es muy raro un récord como el suyo, que hizo más de cien peleas profesionales y perdió solamente tres: pero lo verdaderamente notable es que con esos tres tipos que perdió, después volvió a pelear y los liquidó. A partir de que yo empecé con los trabajos místicos del Hermano Zelaya, nunca jamás volvió a perder el Flaco una sola pelea. Con nadie.

¿Sabe en qué se notaba sobre todo la ayuda que le brindábamos? En la forma que el Flaco escapaba a todo análisis, a todo cálculo. Cuando decían esta vez sí pierde, esta vez no fue tan bien preparado, no le dio tanto tiempo, él lo hacía bien. Mire que defendió el título tantas veces, con otros grandes del boxeo mundial y a más de uno lo dejó haciendo sombra con los árboles, como Mantequilla Nápoles. El mismo Valdez está que le quiere hablar a los semáforos pero ni puede por cómo le quedó la mandíbula.

Yo le tenía un cariño al Flaco, un cariño... tanto como lo vine a odiar después, en ese tiempo lo quería como a un hermano. Aunque no nos conociéramos, estábamos juntos en todo. Yo me ocupaba de ponerle la suerte a su favor, él respondía con todo su profesionalismo. No lo voy a engañar, no es que trabajaba solamente por él, yo también me salvaba, ganaba mi buena plata apostando con tanta tranquilidad que me daba igual si tenía que arriesgar veinte para sacar uno, porque ese riesgo no existía, juntar esa plata era como sacarle un dulce a un niño. Después perdí todo, me estafaron en un negocio que no tendría que haberme metido, pero eso no le voy a contar, baste decir que yo la lectura que hice es que Dios habrá querido que la plata no me la ganara tan fácil.

No todo es suerte o son ángeles: ayúdate que los ángeles te ayudarán. El Flaco era responsable, comía y tomaba lo que venga cuando no tenía que pelear. Pero decía: la pelea es tal fecha, y tres meses antes se terminaba todo, era lo más profesional que pueda haber. Había que verlo en el ring, él le sacaba presión a Brusa, era al revés, Brusa sólo tenía que preguntarle cómo estás, te falta algo, y aflojarle el pantalón. Otra cosa notable: en una pelea dura, como es cualquiera con ese peso, cuántos boxeadores, digamé, no necesitan sentarse a descansar. Ninguno. Termina un round y el boxeador normal va en auxilio del banquito. El Flaco se apoyaba en las dos sogas y miraba a la gente. ¡Se quedaba parado! Extraordinario. Un guapo de verdad.

Al Dani, que ya estaba grandecito, no le interesaba el boxeo. Ni los deportes en general, lógico. En cambio le tiraban los libros. Llegó la edad de ir a la escuela y del Ministerio me mandaban una maestra a casa para que lo prepare. Brillante: ésa era la palabra que nos decía siempre la señorita. Este chico es brillante. Pasaba los grados como si nada, estaba adelantado.

Yo al Hermano Zelaya lo encontraba en privado, ya sea por la salud del Dani o por cosas del Flaco. Para ver las peleas me juntaba con los muchachos, aunque a ellos no les contaba nada del papel que yo jugaba en el espectáculo. Después las comentábamos con el Hermano Zelaya, que las veía por su lado. Analizábamos esos momentos evidentes en que sin nuestra ayuda espiritual se podría haber ido todo al diablo. Por ejemplo, contra Briscoe, cuando le metió esa mano, qué cosa notable, y al Flaco lo pararon las sogas, que si no sigue de largo hasta el vestuario. Hizo así, se agarró, se inclinó sobre la soga como hacía siempre él y miró el reloj para ver cuánto faltaba. ¿Cuántas escenas de boxeadores sentidos en el mundo se han visto que hayan tenido esa viveza? Ninguna, se lo digo yo que vi miles. Sentido y a la vez con esa pequeña luz que le permitió mirar el reloj para ver si podía llegar y cómo. ¡Después le pegó tanto a Briscoe, pero tanto en esa cabeza! No lo pudo tirar, no lo pudo voltear, pero le pegó tanto que le hizo dos cabezas.

Otro que le pegó bastante al Flaco fue Boutier, se hicieron peleas parejas. Buen boxeador el francés, pero nada más. Ése fue otro momento en que el Flaco no hubiera podido ganar sin mí, porque adonde iba se la llevaba a la Susana Giménez. Así que el entrenamiento ya no era muy formal. Él decía que se ponía alcanfor en el calzoncillo para no tener relaciones. Para mí que lo suplantaría con toda la preparación, pero ése era un punto débil y tendría que haber estado agradecido de que estábamos ahí cubriéndole las espaldas.

Un tipo que le metió una mano tremenda fue Gratier Tonna. Le pegó una piña que yo creí que el Flaco no volvía más. Pero se notó que estaba bien protegido desde ahí arriba, porque enseguida reaccionó instantáneamente y para mí le debe haber hecho sentir el peso de la mirada. Le pone una mano a Tonna y el francés se cae apoyando las rodillas en el suelo y los puños. Estaba perfectamente para seguir, no fue un golpe de nocau para nada, pero el tipo lo miró así a su segundo, como queriendo decir yo no me levanto más, usted perdonemé pero acá al señor éste le pegué y resulta que se enojó mucho, mejor nos vamos.

Para la pelea con Mundini lo vi entrenarse. Bueno: para el Flaco era jugar. Ese tremendo reach que tenía, esos brazos tan largos. Porque el Flaco punteaba, ponía así, unas cuantas manos, parecía nada más para tenerlo lejos al rival... Tocaba. ¡A uno le parecía que tocaba! Porque había índices después. Con esos pequeños toques, a lo mejor al octavo, noveno, ya se notaba que al otro se le empezaban a poner los pies paralelos, las piernas en línea recta. Los pies, ¿ve? tienen que estar uno adelante y otro atrás, así, siempre en punta. Pies paralelos es signo de que el boxeador no tiene coordinación, lo mismo cuando busca asentarlos, cuando le cuesta levantar las manos. No necesariamente es cansancio, sino el efecto de los golpes. Otra cosa que tenía el Flaco, y esto nada que ver con los ángeles, lo que era suyo propio yo se lo reconozco, es que pegaba mucho en retroceso, cosa que no hizo casi nadie en el boxeo. Retrocedía punteando. Es decir, a él lo atacaban y en vez de esquivar nada más siempre largaba la mano, tocaba.

Así venía la historia, el Flaco siempre arriba, nadie le podía discutir el título, yo ganando con él y él ganando conmigo. Eran nuestras dos almas como una sola, según me explicaba el Hermano Zelaya. Se venía la pelea con Valdez, la segunda, que fue la última. A Valdez ya una vez le había ganado. Con lo justo, pero sin duda ninguna.

En esos días se le complica al Dani, pobrecito, una de esas congestiones pulmonares que tenía siempre por el problema de la postura, sobre todo desde la operación. Se declara neumonía. Deliraba de fiebre. Cada vez que pasábamos una de ésas, yo les miraba la cara a los médicos: cuando veía que me esquivaban los ojos, lo buscaba al Hermano Zelaya.

73

Entonces lo voy a ver, le cuento detalladamente la situación, y por primera vez me doy cuenta que el Hermano Zelaya también me está escondiendo la mirada. Entra en trance, se queda unos cinco minutos con los ojos en blanco, con una especie de temblor y cuando sale del trance me dice: hay una sola posibilidad. Que mañana el Flaco pierda la pelea. Si gana Valdez, se salva tu chiquito. Ésa es la palabra que me transmitieron los ángeles.

¿Usted puede entender lo que yo sentí?

Lo peor era que no había tiempo de hacer un trabajo místico a favor de Valdez, porque a los ángeles no se les puede estar pidiendo blanco, blanco, blanco, y de repente negro. Se produce como una aglomeración de beneficios a favor de alguien y si uno lo quiere perjudicar le va a llevar tanto como el tiempo que estuvo haciendo trabajos a favor, única forma de anular todo ese cúmulo.

Entonces yo le pedí al Flaco que perdiera. Le pedí que se tire, que se quede en la lona. Se lo rogué. Traté de verlo personalmente pero era imposible, él estaba concentrado, imagínese, la noche antes de la pelea. Se lo pedí mentalmente, así como antes le mandaba todo lo que hacía falta para que ganara. Me la debés, Flaco, le decía yo. A vos no te hace nada perder una vez en la vida. La pelea anterior fue tuya, ahora Valdez te gana la revancha, después te van a dar el desempate, ahí lo hacés puré de tomate si se te da la gana, recuperás el título y te retirás cantando el himno. Pero ésta me la debés, te lo pido por la vida de mi hijo. Yo hice todo por vos, yo te llevé de la mano al triunfo, desde que le ganaste a Benvenutti hasta todo lo que te pasó después, todo me lo debés a mí, a los trabajos místicos que yo pagué no sólo con dinero, a la fuerza espiritual que hice para que ganaras. Yo te convertí en campeón del mundo, Flaco, y campeón vas a seguir siendo muy pronto, nada más por esta única vez te pido que te quedes mirando el cielo.

Vino la noche de la pelea. A la nena la habíamos mandado a casa de los abuelos, para que la mamá pudiera dedicarse al enfermito, que lo teníamos ya internado. Yo tuve la suerte de verlo justo en un ratito que le había bajado la fiebre. Estaba caído que ni tenía fuerzas para levantar la cabeza. Por la ventana del sanatorio se veía la luna. "Mirá, papá" me dijo el Dani, "Mirá qué linda la luna". Yo miré, qué quiere que le diga. Con la angustia que tenía me pareció que la luna tenía cara de gordo imbécil. "Es mía la luna: nadie me la puede sacar", me dijo el chiquito. Esas salidas tenía. Lo dejé con mi señora y me fui a ocuparme de la pelea. Yo tenía esperanzas. El Flaco no estaba tan bien preparado como para la anterior. Venía dando el handicap de un año sin pelear, que es mucho, aparte que ya tenía treinta y cinco años. Rodrigo Rocky Valdez: quién iba a decir que yo iba a ser hinchada del colombiano. La pelea fue en Mónaco. Hubo un momento en que yo sentí que el Flaco dudaba, que estaba a punto de aflojar y hacerme el favor que le venía rogando, fue cuando entró la mano esa durísima de Valdez y le hizo sangrar la nariz, una situación prácticamente inédita en la carrera profesional del Flaco. Lo tuvo muy sentido en ese momento, era para mí la tercera mano realmente dura que le entraba en toda su historia: Briscoe, Tonna y ahora Valdez, yo dije la tercera es la vencida. No fue. El Flaco se repuso, para variar, esta vez sin ayuda de mi parte, que desde su ángulo de visión tiene más mérito, y en los tres, cuatro rounds que faltaban para terminar la pelea le dio a Valdez una paliza enorme. Una demolición. Ahí fue cuando le hinchó toda la cara, la boca, todo, de ahí Valdez apenas puede hablar.

En los meses que siguieron al entierro del Dani mi mujer estaba demasiado decaída para darse cuenta de nada, pero en cuanto se fue sintiendo mejor empezaron los desacuerdos por asuntos de plata. Me pareció mejor discutirlo una sola vez para siempre y no andar peleando por cada situación. Quedamos que de todo lo que me entrara, un porcentaje equis iba para la revancha. Ella no estaba de acuerdo en lo que yo hacía, pero aceptó si yo no me pasaba de la raya.

Al Hermano Zelaya lo seguí viendo por afecto, pero no me servía. Porque en ese oficio, los que hacen magia blanca, trabajos a favor, son débiles cuando se trata de perjudicar. Empecé a buscar a los otros, los que saben de vudú, de macumbas, ya había unos cuantos brasileños, conocí mucha gente interesante, no me voy a poner a contarle todos los detalles. Un porcentaje de la plata que me entraba yo lo dedicaba a eso, a trabajar en contra del Flaco, porque me la debía esa basura. Tanta ingratitud se paga. Y se pagó.

En cierto modo, le voy a decir que no me fue difícil. Porque así como para favorecerlo yo me había apoyado siempre en sus condiciones y en su profesionalismo arriba del ring, para perjudicarlo no tuve más que empujar un poquito para el lado que se bandeaba. El Flaco tomaba fuerte, tenía el vino malo. Era muy agresivo. Todavía cuando era nadie, ni había venido a Buenos Aires, no había trascendido para nada, Brusa lo tuvo que sacar un montón de veces de la cárcel. Una vez tuvo que intervenir el gobernador de Santa Fe.

Un animal. Y un ignorante total. Después, cuando se hizo famoso, ahí empezaron los procesos, porque ya valía la pena seguir el juicio para sacarle plata: le partió el arco superciliar en público a Pelusa, su primera mujer, que una vez le tuvo que encajar dos tiros porque si no la mata de una paliza; le rompió la cara a un mozo, a un fotógrafo, al novio de la hija. Y otras cosas. En fin, que ya tenía su historia antes que yo intervenga para nada.

Al principio yo sabía que no podía esperar mucho, por eso mismo que le expliqué antes. Había hecho demasiado a favor y ahora tenía que anular primero todos los beneficios. Por eso me llevó tanto tiempo, pero cuando llegó, fue con todo, fue nocau total y completo. Por más que no la vi, la pensé tan fuerte que se me vuelve a representar esa escena como si me la acordara, esos treinta segundos malditos en que el Flaco se suicida, porque eso fue, ¿no le parece? Fue matarse solo, la forma en que la estranguló a su mujer. Y yo no necesito preguntarme cómo puede ser, cómo puede ser. Pudo ser porque yo estaba ahí, alentándole el descontrol que le provocaba siempre el alcohol, yo estaba ahí, obligándolo a apretar cada vez más fuerte. Lo único que siento a veces como culpa es la pérdida de esa vida inocente y el sufrimiento del hijo, que no me habían hecho ningún daño. Pero mi Dani, ¿qué daño le había hecho a él? Yo tuve mi revancha, la tuve completa, y por nocau.

Para mí, con tanta desgracia que se buscó el Flaco y encima la cárcel, fue suficiente, me di por hecho. Al accidente de auto en que se mató años más tarde yo no lo considero desempate porque no tuve nada que ver. O fue solito su alma o habrán sido las oraciones de otro, porque enemigos, vea, al Flaco no le faltaban.

Princesa, mago, dragón y caballero

A la mañana siguiente debían enfrentarse en el Gran Torneo por la mano de la Princesa Ermengarda. Y esa noche el caballero Arnulfo de Kálix y el Príncipe Verde bebieron juntos por el fin de la amistad que los unía y por la eternidad de la belleza (que los separaba).

Hacía muchos años que el Gran Torneo había comenzado, y nadie conocía la fecha de su fin. Su fama había crecido hasta apagar la fama de la Princesa. Desde las más lejanas comarcas de la cristiandad acudían los jóvenes participantes, atraídos por el sonido marcial de las lanzas al chocar con los escudos. Había mil razones por las que a un caballero podía interesarle intervenir en el Gran Torneo y muy pocas tenían relación con la Princesa. Muchos padres nobles enviaban a sus hijos a templar su juventud en la justa. Algunos venían a cumplir una condición impuesta por sus damas para conquistar sus mínimos favores. Los más ilusos creían poder enriquecerse con el botín de los vencidos (unas cuantas espadas rotas, caballos heridos y armaduras desarticuladas). Pero la mayoría deseaba conquistar fama y honor: y no había oportunidad en la tierra como la que daba el Gran Torneo, donde un joven desconocido podía transformarse en el tema de una canción de gesta con sólo atreverse a desafiar a un ca-

ballero de bien ganada gloria. Hasta un pobre se-
gundón, desheredado por el derecho de la primo-
genitura, como el Príncipe Verde (cuyo verdadero
nombre nadie conocía) podía batirse en las mejores
condiciones: no faltaban los mercaderes dispuestos a
prestar armas y caballos a cualquier aventurero decidido a demostrar en la liza la bondad de sus mer-
cancías.

Día tras día nuevas tiendas de campaña se aña-
dían al enorme campamento. Nobles, príncipes y caballeros las ocupaban: unos como participantes; otros,
como simples espectadores. Algunos traían en sus
comitivas a sus confesores privados. Otros pertenecían a órdenes religiosas. Escuderos, palafreneros y
mozos de cuadra los servían. Bufones, saltimbanquis,
bohemios y comediantes los divertían. Los mercaderes proveían a sus necesidades. Había también clérigos andantes, dispuestos a darle la extremaunción al
más humilde de los contendientes. Hacia el este, en
tiendas de colores profusos, hermosas cortesanas ren-
dían sus encantos a los nobles, príncipes y caballeros
y a sus privados. Un poco más lejos, en tiendas de
colores desteñidos, prostitutas más pobres o más vie-
jas ofrecían sus servicios a los mercaderes, a los escuderos, palafreneros y mozos de cuadra, a los bufones, saltimbanquis, bohemios y comerciantes, y
también a algunos clérigos andantes. Aquí y allá se
levantaban capillas dedicadas a santos y beatos de
todas las tierras. Había comenzado ya la edificación
de una iglesia. Y en los terrenos cercanos a la liza
construcciones más sólidas comenzaban a reempla-

zar a las tiendas de campaña. Pero ésta no es la historia de la ciudad de Uxval, de su nacimiento, auge y decadencia. Ésta es la historia del caballero Arnulfo y la princesa Ermengarda.

Doce años tenía Arnulfo cuando escuchó por primera vez la leyenda del Dragón y la Princesa, entonada por un trovador errante en la feria de Kálix. El trovador, acompañándose con su laúd, cantó primero la clásica belleza de Ermengarda, sus cabellos oro-trigo, sus perlas dientes, la terrible blancura de su piel. Después, cambiando el laúd por un tamboril y usando los registros más graves de su voz, ennumeró las pruebas que debía atravesar el caballero que quisiese romper el maleficio. Sólo un héroe que hubiera vencido en justa lid a tantos caballeros como el doble de sus años por los cuatro elementos, aire, fuego, tierra y agua, estaría en condiciones de enfrentar al Mago que gobernaba al Dragón que custodiaba a la Princesa que bordaba, encerrada en el castillo, el tema sin tiempo del Castillo, la Princesa y el Dragón. Sólo aquel que hubiera derrotado al Mago podía enfrentarse con el Dragón.

Arnulfo, que había prestado una vaga atención al resto de la leyenda, se sintió de pronto llamado a su destino: el tema del combate con el Dragón le encendía los sueños. Esa misma noche juró sobre la empuñadura de su primera espada vencer en justa lid a tantos caballeros como el doble de sus años por los cuatro elementos, aire, fuego, tierra y agua, vencer al Mago, vencer al Dragón y liberar a Ermengarda. El joven caballero Arnulfo sintió la necesidad de comenzar a prepararse para tan grave tarea y al día siguiente el más grande de los perros del castillo de Kálix sufrió las primeras consecuencias de su osado juramento: sólo sus ladridos desesperados lo salvaron de la espada vengadora de Arnulfo. Su padre lo castigó con un largo encierro que el muchacho empleó en grabar, sobre la mesa de roble de su cuarto, el nombre de Ermengarda, a quien todavía ni siquiera imaginaba. Porque sólo pensaba en el Dragón.

En la noche húmeda el caballero Arnulfo y el Príncipe Verde recorrieron sin hablar los tentáculos del monstruoso campamento. Ni siquiera el rey de Braxberg podía haber previsto el éxito de su idea cuando instituyó el Gran Torneo Permanente por la Mano de la Princesa Ermengarda. Sabedor de que un espectáculo semejante atraería multitudes de todos los rincones de la tierra —multitudes dispuestas a prodigar su oro—, el rey había decidido utilizar la fama de la antigua leyenda para llenar las arcas de su reino, empobrecido por las guerras que los generales del rey ganaban en el campo de batalla y los representantes del rey perdían, invariablemente, en el campo de la diplomacia. Como todos conocían los beneficios que a Braxberg reportaba el Gran Torneo, eran muy pocos los caballeros que creían en la existencia de la Princesa. Es cierto que muchos llevaban al cuello su retrato, una miniatura de la obra de un maestro florentino, que producía y vendía en una de las tiendas del campamento un discípulo del gran maestro, arrojado de su taller por su afición al aguardiente. Pero la mayoría lo usaba sólo como amuleto y, en todo caso, la ridícula hermosura de la mujer del retrato parecía verificar la inexistencia de la modelo.

Sin embargo, el caballero Arnulfo y el Príncipe Verde creían en la Princesa Ermengarda y en su belleza inverosímil. Sabían, sin necesidad de palabras entre ellos, que al día siguiente se enfrentarían en justa lid y lucharían hasta que sólo uno de los dos quedara vivo, por el amor de la Princesa Ermengarda. Y el vencedor habría cumplido la primera de las pruebas cantadas por la leyenda. Por eso preferían el silencio, la lenta observación de las gotas de humedad al condensarse sobre el frío de las armas.

Cuando Arnulfo llegó por primera vez al Gran Torneo era un adolescente ingenuo y arrogante que se creía desencantado y cínico. Estaba seguro de vencer en breve tiempo, y por la sola fuerza de su brazo, a tantos caballeros como el doble de sus años por los cuatro elementos, aire, fuego, tierra y agua. El caballero Arnulfo amaba y deseaba ya a la Princesa Ermengarda (a su imagen) como un chico ama y desea a su primera, no poseída, bicicleta. Con pasión. Tercamente. En el primer combate la lanza de su rival atravesó el pecho de su caballo, y Arnulfo descubrió, con la muerte, cuál había sido hasta entonces el verdadero amor de su vida. Con su propia espada, llorando, cavó la tumba de Brodo. La tarea le demandó un día entero y arruinó por completo el filo de su espada. En el segundo combate fue desmontado por la fuerza de su propia lanza al clavarse en el hombro acorazado de su rival. Su nuevo caballo lo arrastró por la arena, con un pie enganchado en el estribo, quebrándole una pierna. Pero esta vez su oponente, un muchacho apenas mayor que él, no quedó mejor librado. El caballero Arnulfo tuvo oportunidad de descubrirlo cuando se encontró junto a él en uno de los jergones de la tienda que hacía de hospital de campaña. Al principio, reconociéndose como rivales, se limitaron a mirarse con fiereza. Pero las heridas tardaban en cerrarse, crecía el encierro, y pronto se les hizo necesaria la palabra. Con profusión de mayúsculas, Arnulfo se decidió a relatarle al Príncipe su combate con el gigante Brangosh, en el Bosque Encantado. Apenas unas horas tardó el Príncipe Verde en responder equitativamente con la descripción de la batalla en que venció al rey moro Abencaján y a toda su comitiva sin más armas que su ingenio y sus manos desnudas. Fue tal vez lo minucioso de este relato lo que permitió al caballero Arnulfo recordar cómo, vencido el gigante Brangosh, sus siete gigantescos hermanos vinieron en su ayuda. Continuó, entonces, el Príncipe Verde su batalla, ahora contra toda la vanguardia del ejército moro. Si los dos valientes caballeros hubiesen estado libres para vagar a su antojo por el campamento, encontrándose de vez en cuando para beber juntos una copa de hidromiel, moros y gigantes hubieran seguido reproduciéndose en progresión geométrica (y nunca hubieran llegado a ser amigos).

Pero en la situación actual se veían obligados a compartir cada segundo de penuria, a escuchar cada uno de los gritos que les arrancaban las dolorosas curaciones, a soportar juntos las indignidades pequeñas que su estado les imponía. Eran jóvenes y generosos y no tardaron en olvidar buenamente sus fantásticas historias para confiarse su mutua decepción con respecto a la honestidad de la justa, su total desesperanza con respecto a la victoria y su verdadero amor por la Princesa Ermengarda. Cierto es que nunca hablaron mucho de ella. Los dos amaban y deseaban ahora a la Princesa Ermengarda (a su imagen) como ama y desea un muchacho de barrio a una estrella de cine. Secretamente. Sin esperanzas. En sus ensueños coincidentes la imaginaban con un vestido muy claro, muy tenue.

El caballero Arnulfo y el Príncipe Verde no volvieron a separarse y su amistad ejemplar fue primero comentada y después temida. Crecieron y se formaron juntos en el Gran Torneo y él dio fuerza a sus cuerpos y cambió sus ojos. Al principio, para poder permanecer cerca de la liza, se vieron obligados a entrar en el servicio de caballeros más viejos y más ricos. Mezclados con los demás servidores, humillados por los de más categoría y despreciando a los más bajos, aprendieron mucho más de lo que deseaban saber. Aprendieron a beber sin respirar enormes jarras de cerveza. Aprendieron los rápidos movimientos de las manos que, en los juegos de dados y de naipes, seducen al azar. Aprendieron los escasos, repetidos misterios de las tiendas de colores profusos y de colores desteñidos. Desde entonces el caballero Arnulfo debía cuidar la blanca imagen de la Princesa Ermengarda, siempre dispuesta a mezclarse, en sus ensueños, con las cansadas imágenes de las prostitutas.

Y llegó el día en que el Príncipe Verde y el caballero Arnulfo se sintieron preparados para volver al combate. Luchando costado a costado desafiaron y vencieron y fueron desafiados y vencieron y llegaron a ser célebres y temidos. Sabían ahora cómo burlar las reglas del torneo sin ser vistos por los jueces. Sabían que una armadura liviana es más valiosa que una armadura impenetrable. Sabían que luchar contra el sol es luchar contra el más peligroso de los enemigos. Sabían reconocer, entre muchas, una espada bien templada y, en una tropilla, al caballo más apto para el combate. Sabían cómo utilizar en su favor las desigualdades del terreno. Sabían quiénes eran los jueces venales y quiénes los que pretendían ser justos.

Los dos amigos se miraron a los ojos, dejando que el silencio creciera como un muro que los separaba, solos los dos, del resto de la noche. Y el caballero Arnulfo supo que nada podía existir sobre su afecto, su amistad por el Príncipe. Excepto la imagen de la Princesa Ermengarda. Porque el caballero Arnulfo amaba y deseaba ahora a la Princesa Ermengarda (a su imagen) como ama y desea a su primera, no escrita, novela un exitoso redactor publicitario. Con desesperación. Con desencanto. Antes de retirarse a sus respectivas tiendas, los dos renovaron en alta voz su juramento de vencer o morir por la Princesa, y cada uno se despidió del otro para siempre en secreto.

Todos los años algún noble participante llegaba a completar el número mágico de victorias y con gran pompa dejaba el torneo. El combate final, anunciado por los pregoneros del viejo rey de Braxberg, atraía más público que de costumbre. Ese día los pechos respectivos de las damas presentes se agitaban con más suspiros. El vencedor, cargado de honores —y del botín de los vencidos—, volvía por lo general a su feudo, donde tenía asegurado hasta el fin de sus días el respeto de todos los hombres y la admiración de todas las doncellas. Si pocos eran los que al llegar soñaban con la Princesa Ermengarda, todos la habían olvidado al retirarse. Y sin embargo, en medio del polvo, del barro y la sangre, el caballero Arnulfo y el Príncipe Verde le habían sido fieles en su corazón. Y mientras ganaban con los dados cargados, le habían sido fieles en su corazón. Y hasta en las tiendas de colores desteñidos o profusos, le habían sido fieles en su corazón. Mañana uno de los dos partiría hacia el castillo de la Princesa y el otro, con la Princesa en su corazón, habría muerto.

Hace calor, el caballero Arnulfo transpira dentro de su armadura recalentada por el sol. No hay viento, todas las banderas están apagadas. A causa del sudor, el polvo se adhiere a las pocas zonas descubiertas de su piel. Uno de los caballos está muerto. La sangre de sus heridas atrae a las moscas. El Príncipe Verde está en el suelo. El caballero Arnulfo está arrodillado junto a él. Le corta, con su espada, las correas del yelmo. Un escarabajo trata de trepar un montículo de estiércol. Sube y vuelve a caer, varias veces, patas arriba.

Con el calor, la arena reverbera. Arnulfo arranca el yelmo de la cabeza de su amigo. Lo tira a un costado. Una exclamación agita a los espectadores. Algunas damas se inclinan ansiosas para observar mejor lo que sucede en la liza. Algunos caballeros se inclinan ansiosos para observar mejor lo que sucede en sus escotes. El espectáculo es interesante y sin embargo se extraña ya el fresco refugio de las tiendas. No todos desean la sangre. En cambio, todos desean el final del combate. Hace mucho calor.

El cuello del Príncipe Verde brilla, muy blanco. Arnulfo piensa sin querer en la piel de la Princesa Ermengarda. Un pájaro cruza el horizonte. Es difícil decidir si se trata de un águila, de un buitre o de un halcón. Está demasiado lejos. La espada levantada de Arnulfo prepara el gesto de una muerte rápida, honrosa, una muerte digna de su afecto (de su respeto) por el hombre que yace. Sólo entonces comprende que no puede mover su brazo. Que el Príncipe ha logrado, con la sola fuerza de sus ojos, suspender en el aire el peso de su espada.

"No me mates", dicen sus ojos. "Renuncio para siempre a la Princesa Ermengarda. Es verano y en mi aldea las mujeres llevan los brazos descubiertos y cualquiera puede ver las gotas de sudor en el vello de sus axilas. Es verano, y la tierra tiene un olor dulce, pesado. Hay duraznos blancos y duraznos amarillos y todos son grandes y jugosos. Es verano, y hasta las flores tienen pétalos de carne. Las doncellas descubren el placer cálido de la orina corriendo entre sus muslos. Y en la tienda de colores profusos me espera la hermosa Melisenda, sabia en secretos de amor. ¡No me mates! Renuncio para siempre a la Princesa Ermengarda. ¡Qué me importa a mí de su blanca leyenda! No quiero morir en verano, cuando todas las mujeres son princesas. Quiero morir en el lecho, donde todas las princesas son mujeres".

Eso dicen los ojos del Príncipe y ni un segundo ha transcurrido entre el gesto del caballero que levanta la espada y el gesto que la arroja sobre la arena como una serpiente rígida, muerta. Y aunque el Príncipe Verde vive y vivirá muchos años, y morirá como un anciano venerable rodeado por sus quince nietos y sus cuatro concubinas, el caballero Arnulfo llora hoy la muerte de su amigo. Una muerte más honda que la de su cuerpo.

Sucio, cansado, lastimado, el caballero Arnulfo deja el Gran Torneo. Ha vencido ya a tantos caballeros como el doble de sus años por los cuatro elementos, aire, fuego, tierra y agua. Recién ahora siente el calor, como un animal peludo sobre su pecho. Tiene ganas de llorar.

El caballero Arnulfo ama y desea ahora a la Princesa Ermengarda (a su imagen) como el funcionario ambicioso en la mitad de su carrera ama y desea el alto puesto al que ha sacrificado ya casi todas sus esperanzas. Obstinadamente. Con tristeza. Cabalga en la vaga dirección que indica la leyenda. Su decisión reemplaza la poca precisión de los datos y llega así, al cabo de muchos días, a la Ciudad del Mago y el Dragón.

Ninguna ciudad, por altas que fueran sus torres, podía asombrar a un hombre que había templado su juventud en el Gran Torneo. Y la ciudad del Mago y el Dragón no era una excepción. Satisfecho de haber llegado a uno de los lugares mencionados por la leyenda, el caballero Arnulfo decidió alojarse en una posada cualquiera y pronto se hizo conocer en toda la ciudad por sus insistentes preguntas acerca de la residencia del Mago.

El primero en ser interrogado fue el posadero y su respuesta, una larga carcajada. "En esta ciudad no hay Magos", le dijo. "Pero a fe mía que hay hermosas hechiceras". Y le guiñó un ojo a la robusta doncella que fregaba los pisos de la posada. "Esta ciudad lleva el nombre del Mago y el Dragón en memoria de una vieja leyenda. Pero bien sé que debería llamarse la Ciudad del Rojo Vino y la Cerveza Clara". En verdad, sus mejillas encendidas parecían atestiguar sus palabras. Arnulfo sonrió, bebió hasta el fin sin respirar su jarro de cerveza clara, y se dispuso a continuar la búsqueda. Pero cuando repitió su pregunta ante otros ciudadanos, se encontró siempre con el mismo asombro sonriente. Unos proponían el nombre de "Ciudad del Oro que Rueda" y otros el de "Ciudad de la Sota y de la Dama". Pronto pudo comprobar el caballero que todos tenían razón, porque el rojo vino y la cerveza clara corrían alegremente por la ciudad, y se hacían en ella prósperos negocios en los que el oro rodaba, cambiando de mano, y el dado y la baraja adornaban todas las mesas de sus tabernas.

El caballero comprendió que para hallar al Mago debería emplear más fuerza y más astucia de la que había usado para vencer en justa lid a tantos caballeros como el doble de sus años por los cuatro elementos, aire, fuego, tierra y agua. Pero el Gran Torneo le había enseñado también el monótono arte de la espera. De modo que se estableció sin apuro en su habitación de la posada y se dispuso a esperar tranquilamente. Y hubiera podido vivir mucho tiempo sin más preocupaciones que su amor por la Princesa Ermengarda, pues su bolsa estaba bien provista, si uno de los jóvenes aprendices que trabajaban para el posadero no hubiera huido una madrugada llevándose a la más fea de sus hijas, y los dineros (suyos y de sus clientes) que el posadero guardaba en el hueco de una viga.

El aprendiz volvió unos meses después trayendo a la muchacha, embarazada y pálida, pero nada volvió a saberse del dinero, cuyos métodos de reproducción suelen ser muy otros.

Aconsejado por el buen posadero y con su acuerdo, el caballero Arnulfo puso en práctica algunas de las habilidades aprendidas en el Gran Torneo para restablecer su bolsa.

En una de las mesas de la posada estableció su banca y con naipes marcados se dedicó al juego. Como sus maneras eran afables y sus ganancias moderadas, no tardó en atraer una honesta clientela. Los pequeños personajes de la ciudad se sentían engrandecidos y halagados de tener la oportunidad de perder unas pocas piezas de plata con un hombre que había vencido en justa lid a tantos caballeros como el doble de sus años por los cuatro elementos, aire, fuego, tierra y agua.

Una tarde, mientras Arnulfo relataba una de las historias que más agradaban a sus rivales (había resucitado aquellos alegres gigantes de su adolescencia y tomaba prestados a veces a los moros del Príncipe Verde), un hombre muy joven lo desafió a una partida. El extranjero, hijo de un rico mercader, era libertino, impetuoso y grosero y, pese a todos sus esfuerzos (destinados a proteger su honra y su clientela), el caballero Arnulfo se encontró al final de la tarde en posesión de un importante cargamento de tapices del Oriente.

Cuando el caballero Arnulfo discutió, regateó y finalmente vendió los tapices en la feria de la ciudad, obteniendo por ellos más de lo que había ganado nunca en el juego, y una satisfacción tan íntima como jamás hubiera imaginado, descubrió que el comercio también podía ser una pasión. Comerció primero con lana y con trigo, y después con tejidos de Bretaña y encajes de Flandes, y después con espadas de Toledo y después con oro y con plata y con piedras preciosas. Y después comerció con el tiempo: entregó sumas de dinero que otros apurados mercaderes debían devolverle más y más crecidas según hubiesen transcurrido días o meses o años. Y como el comercio del tiempo, que es la usura, estaba prohibido por la Iglesia, el caballero Arnulfo contrató a un hábil judío que por una justa comisión y un justo número de pequeños robos aceptó aparecer como la cabeza visible de sus múltiples negocios.

La más grande, la más bella de las casas de la ciudad fue suya. Y la más nombrada. Arnulfo de Kálix se entregó al lujo con la misma ferocidad con que se había entregado al combate. Los nobles de la ciudad se complacían en visitar su casa. Los pequeños personajes que habían sido esquilmados en su mesa de juego se complacían en denigrar su nombre. Todos sabían por qué medios crecía su fortuna. Nadie se hubiera atrevido a mencionarlo en su presencia. Sin embargo, cuando Arnulfo pidió la mano de la hija de uno de los señores más altos de la ciudad, su futuro suegro se consideró obligado a exigir, en secreto, pruebas de su pureza de sangre. Cuando los enviados del caballero Arnulfo regresaron de Kálix con los pergaminos sellados, se celebró la boda.

Su esposa era muy joven y su carne muy suave. Su casa estaba llena de criados y de almohadones. Y el caballero Arnulfo hubiera olvidado para siempre a la Princesa Ermengarda si una noche su joven mujer no lo hubiera recibido con la mirada roja y el retrato de la Princesa en la mano. Había encontrado en un arcón la miniatura que tantos años llevó Arnulfo bajo su cota de malla. Y cuando el caballero vio una vez más el rostro de Ermengarda, su hermosura inverosímil, comprendió que ninguna ternura cotidiana, que ningún afecto de la tierra podía llenar el vacío que ese amor total y desbocado había dejado en su vida. Y supo también que ningún éxito entre los hombres, que ningún halago para su carne, que ninguna fría pasión para su mente, podría reemplazar en su alma hueca la imagen ardiente de la Princesa Ermengarda. Y cuando esto apareció claro ante los ojos de su mente, supo también que la Ciudad del Mago y el Dragón no existía, que toda la ciudad (cada una de las nervaduras de cada una de las hojas de cada uno de los árboles de cada una de sus calles, y también su mujer y la posada) no era más que una trampa del Mago para atraparlo y distraerlo, para hacerle olvidar a la Princesa que bordaba encerrada en el castillo.

La ciudad se desvaneció a su alrededor y Arnulfo, un hombre adulto en la fuerza de sus años, se encontró solo en una vasta pradera, frente a la choza donde vivía el Mago. El caballero Arnulfo amaba ahora a la Princesa Ermengarda (a su imagen) como el piloto de un gran avión comercial para innumerables pasajeros ama a la frágil avioneta monoplaza que nunca más volverá a pilotear. Más que a nada. Angustiosamente.

Como en un sueño, el caballero Arnulfo sabe que ésa es la choza del Mago. Como en un sueño, lo sabe sin que nada se lo indique. Entra despacio, con la mano en el pomo de su espada, y no espera encontrarse con ese muchachito rubio, de rasgos vagamente familiares, que lo mira sin miedo desde el otro lado de una mesa de roble donde está torpemente tallado el nombre de Ermengarda. Sin detenerse, porque teme mirar a su alrededor, el caballero avanza con la espada dispuesta a matar. Entonces el Mago habla, y su voz no es la de un niño. "Porque osaste comerciar con el tiempo", le dice, "con el tiempo te combatiré". Y tomando un puñado de años los arroja sobre su perseguidor. El caballero Arnulfo siente que su frente se cubre de arrugas y en un espejo lejano ve encanecer levemente sus sienes. Es ahora un hombre de mediana edad y si su mano aprieta todavía con fuerza la empuñadura de su espada, sus piernas no son ya tan rápidas para correr. La fatiga lo acecha con su cara de plomo y se acorta su aliento. Corre al Mago alrededor de la mesa de roble. En su cuerpo la grasa empieza a disputar la supremacía del músculo. En su mente, la ansiedad del pasado comienza a disputar la supremacía del futuro. Siente el terror y la angustia de los años perdidos.

El caballero Arnulfo, un hombre que ha doblado ya la curva de los años, ama a la Princesa Ermengarda con una pasión llena de furia y cuando vuelve a avanzar, amenazador, contra el Mago, lleva en su mente las carnes blancas de la Princesa y se imagina saciando —vengando— en ellas tanto dolor, tanta sed.

El Mago toma entonces de un cuenco toda una brazada de años y vuelve a arrojarlos sobre él. Arnulfo de Kálix ya no corre. Sabe ahora que sus cabellos son blancos, y la espada cae de su mano arrugada, manchada y vieja, sin fuerzas para sostenerla. Un velo membranoso se extiende entre sus ojos y la luz. El caballero Arnulfo es ahora un anciano y sus ropajes cuelgan sobre su cuerpo enflaquecido y débil. Pero con los años llega también la sabiduría.

El anciano comprende que nunca podrá vencer a la Magia con la espada. Con su voz cascada desafía al Mago: una partida de naipes definirá la victoria. Y como el Mago es un niño, acepta el juego, dejando caer el breve montoncito de años que le hubiera asegurado la eternidad de Ermengarda.

Dos días y dos noches juegan el Mago y el caballero. El Mago cuenta con todas las artes de la Magia para dominar al azar. El viejo cuenta sólo con la habilidad de sus manos temblorosas, cada vez menos rápidas.

Pero el azar es caprichoso, no le gusta ser dominado y está celoso de la Magia. Fatigado, se entrega de pronto al caballero Arnulfo. El Mago ha sido derrotado.

El anciano caballero Arnulfo ama ahora a la Princesa Ermengarda (a su imagen) como un hombre que nunca vio el mar ama la vieja fotografía de un barco que cuelga de la pared de su escritorio y que ha mirado todos los días de su vida. Por costumbre. Fatigosamente.

Sólo unas pocas leguas separaban al caballero Arnulfo de Kálix del castillo donde estaba prisionera la Princesa Ermengarda. Pero sus viejos huesos no soportaban ya las largas cabalgatas. Bastó una sola noche a la intemperie para convencerlo de las nuevas necesidades de su cuerpo. Así, a pesar de su urgencia —desesperada—, debió contentarse con avanzar un breve trecho cada día. Su edad le exigía descansos repetidos en cada una de las posadas del camino. Entretanto, su pensamiento no descansaba. Pero el caballero Arnulfo no pensaba ya en la Princesa Ermengarda. Como en aquellos días en que por primera vez escuchara la leyenda, sólo pensaba en el Dragón. Y en lugar de desear el combate, lo temía, con todas sus fuerzas. Con las pocas fuerzas que le quedaban. Aferrándose al andrajoso pedazo de vida que le faltaba vivir. Soñaba con terminar sus años en un pueblo cualquiera, con la imagen de Ermengarda calentándole el recuerdo. Pero cada vez que cruzaba un arroyo, el reflejo de su cara arrugada le recordaba el largo precio que había pagado ya por la Princesa. Y sus hábitos de viejo comerciante le exigían recuperar la inversión. Intentarlo. El aliento de fuego del Dragón quemaba sus pesadillas.

Sin embargo, cuando Arnulfo llegó por fin al castillo y se perfilaron sus muros hasta cortar la bruma, un espectáculo asombroso se presentó ante sus ojos legañosos. Vencido el Mago —anulada su fuerza—, el Dragón era un juguete roto que giraba sin control alrededor de su eje, como un robot enloquecido. El soplo de fuego de sus narices quemaba el extremo de su cola escamosa y este estímulo doloroso imprimía a su giro una velocidad uniforme, inusitada.

El viejo caballero comprendió que el combate no tendría la forma de sus sueños. Sin temor se acercó a la bestia y con la mayor precisión posible calculó el diámetro de la circunferencia descripta por el Dragón, la aceleración inicial, la posición y velocidad relativa de las distintas partes del cuerpo en movimiento. Después ató su lanza a la montura del caballo y con un fuerte golpe lo lanzó en línea cuidadosamente tangencial contra la circunferencia rugiente. El choque fue explosivo y lanzó lejos caballo y lanza. Pero el combate ya estaba definido. El movimiento circular del Dragón comenzó a hacerse más lento y su cabeza se fue haciendo visible como se hacen visibles los rotores de un helicóptero que detiene sobre la tierra su vuelo. Un hilo de sangre brotaba de su ojo izquierdo.

Vencedor en justa lid de tantos caballeros como el doble de sus años por los cuatro elementos, aire, fuego, tierra y agua, vencedor del Mago y del Dragón, el caballero Arnulfo había ganado la libertad de la Princesa Ermengarda. El anciano caballero Arnulfo.

Cae el puente levadizo, se abren las puertas del castillo y una blanca figura sale corriendo de su oscura boca. Su belleza es real pero no verosímil. La Princesa Ermengarda, llorando, se abraza al cuello del Dragón, y trata de devolverle con sus besos su hálito de fuego. No le importa mancharse el vestido muy claro, muy tenue, con la sangre verde de su amigo. Tantos siglos, tantos largos y aburridos siglos han pasado juntos Ermengarda y el Dragón. La Princesa levanta la vista y mira asustada al caballero, ese desconocido.

Correr

Mauricio Stock se levantó antes de que sonara el despertador. Ya nunca se despertaba tarde, no podía. Caminó hacia el baño sintiendo las articulaciones de las caderas. No llegaba a ser dolor, pero estaban allí, presentes. Los tendones moviéndose en sus correderas, las superficies óseas, esas zonas internas de su cuerpo que antes no habían existido, porque un cuerpo joven es un cuerpo desconocido, una máquina perfecta, misteriosa, que nunca ha sido necesario desarmar para estudiar su mecanismo.

Se frotó la cabeza con Minoxidil estudiando en el espejo los matorrales ralos que se obstinaban en crecer en ese páramo. Pero cuando todos sus folículos pilosos estaban vivos, sanos y productivos ¿hubiera podido levantarse una mañana de domingo cualquiera y hacer un fondito de dieciocho kilómetros? No hubiera podido. Se puso los lentes de contacto antes del desayuno. Prefería no dejarlo para último momento por si aparecía alguna molestia imprevista.

Mientras hervía la pava prendió la tostadora. Esperó a que estuviera bien caliente antes de meter el pan. Se preparó un té con dos cucharadas de miel y masticó despacio tres tostadas chicas con mermelada de ciruela. Antes salía en ayunas. Ahora había aprendido la importancia de cargar carbohidratos, aunque se moderaba en la cantidad para no sentirse pesado. A la vuelta se comería un pote de cereales con leche y una banana para reponer el potasio, aunque su médico le hubiera dicho que no era necesario preocuparse por eso, que el potasio está en todas partes y no se pierde con el sudor.

Muchos hábitos habían cambiado desde que empezó. Al principio había creído que lo ideal era usar ropa de algodón, porque absorbe la transpiración. Treinta años atrás, cuando jugaba al básquet, ésa era la regla de oro en el mundo del deporte. Pero el Máster le hizo notar que el algodón, en efecto, absorbe la transpiración: y por lo tanto se empapa. Después de los cinco kilómetros, ese peso se empieza a notar hasta convertirse en un lastre. Ahora se usaban materiales sintéticos que dejaban evaporar el sudor, el mismo tipo de fibra que mantenía seca la cola de los bebés en los pañales descartables. El señor Stock, sin embargo, seguía usando algodón cuando no le preocupaban demasiado los tiempos a cumplir.

Desde hacía unos meses recibía por correo electrónico los mensajes de la Sociedad de Corredores Muertos, un foro de discusión en el que participaba sobre todo gente de su edad. No había calculado que además de la actividad en sí iban a llegar a fascinarlo las palabras que la nombran. ¡Como cualquier adicción! Todos los días leía con interés los comentarios y experiencias de otros corredores en todas partes del mundo. Muchos se referían a las ventajas de la nueva fibra cool-fresh para la ropa deportiva. Uno de los participantes, un hombre de más de sesenta años, se quejaba de las angustias y retrasos a los que puede inducir una próstata rebelde. Gracias a este nuevo tejido sintético, escribió, había podido hacerse pis encima en la última maratón, sin necesidad de detenerse para orinar, sin mojarse las medias y llegando a la meta perfectamente seco. Por suerte Mauricio todavía no estaba en condiciones de apreciar esos beneficios.

Antes de salir se puso las llaves en el bolsillo, no era tan maniático como para tratar de librarse también de ese peso, sobre todo cuando iba a hacer un trabajo individual. Siempre llevaba también algo de dinero y un documento. Puso a enfriar una botella de Gatorade con gusto a mango y sacó del freezer un envase gotero de solución salina (que usaba habitualmente para los ojos), lleno de agua congelada. En el bolsillo el hielo se derretía rápidamente: así podía llevar encima unos traguitos de agua bien fría para tomar en cualquier momento, con efecto probablemente más psicológico que físico sobre la sed, pero no por eso desdeñable.

Ponerse las zapatillas era lo último que hacía antes de salir y una parte del ritual que le producía especial satisfacción. Mientras se ataba los cordones, la expectactiva le produjo una sensación de hormigueo en las piernas: el perro de Pavlov salivando delante de la figura geométrica que anticipaba la comida. Dio vuelta las medias y se las calzó al revés; estaba orgulloso de ese pequeño truco, tan simple, para evitar las ampollas y lastimaduras que provocaban las costuras en los dedos de los pies. Las zapatillas eran casi nuevas. Hasta ahora había corrido siempre con Saucony y se preguntó si no había sido una forma de snobismo insistir en esa marca menos conocida en el país. Estaba cómodo con las Adidas, que eran un poco más anchas adelante y le daban una sensación de mayor equilibrio. Una mala caída podía llegar a mantenerlo fuera de carrera por semanas y hasta meses enteros. (Su mente se resistía a considerar la posibilidad demasiado dolorosa de no volver a correr.) Las nuevas zapatillas eran las más duras que hubiera usado nunca. Una gruesa nervadura de acrílico atravesaba la suela evitando torsiones hacia los costados.

En la muñeca izquierda llevaba el cronómetro. En la derecha se puso el reloj monitor, el Polar, y se calzó sobre el pecho la banda para controlar los latidos. No quería pasar de las 180 pulsaciones. Había empezado a correr cerca de los cincuenta años y, por mucho que progresara, su ritmo cardíaco sería siempre más alto que el de los corredores que practicaban desde muy jóvenes. En cambio tenía sobre ellos una ventaja extraordinaria: su rendimiento todavía mejoraba en lugar de retroceder. En ese momento sonó el teléfono. Debía ser equivocado porque se cortó antes de que alcanzara a responder. Pero en el reloj monitor pudo constatar cómo el brusco timbrazo había llevado sus pulsaciones de setenta a ochenta y cuatro por minuto. Ahora bajaban de a poco otra vez.

La calle estaba hermosa, vacía, ni siquiera se veía todavía a los porteros de los edificios manguereando las veredas. Unos dieciocho grados de temperatura y el sol de otoño. Caminó a paso rápido desde Córdoba hasta Santa Fe, eligió Austria para bajar derecho hasta Figueroa Alcorta y empezó a correr con un trotecito suave, liviano, de precalentamiento, a unos seis minutos por kilómetro, sin mirar el reloj monitor, que no era necesario hasta después de los cinco minutos. Ya no necesitaba ningún instrumento para calcular exactamente su velocidad. Vio venir hacia él a un hombre de su edad paseando al perro. Caminaban lentamente. El animal, increíblemente viejo, avanzaba moviendo las patas de adelante, con las patas de atrás sostenidas por un carrito. Pavlov y su perro, pensó, riéndose con la alegría de quien se siente poderosamente dueño de su cuerpo.

A esa hora, ninguno de los semáforos de Austria era digno de consideración. Hasta Las Heras. Vio a un grupo de adolescentes que parecían haber salido de la discoteca, las chicas tenían la pintura corrida debajo de los ojos y las pupilas dilatadas, parecían vampiros agonizantes, heridos por el sol de la mañana. El semáforo de Las Heras le detuvo el avance pero no la carrera, dobló a la izquierda hasta mitad de cuadra y después volvió a la esquina a tiempo para cruzar en verde. Con el semáforo de Libertador tuvo más suerte, no fue necesario modificar el ritmo para llegar justo a tiempo. Sólo que el domingo nunca se podía estar seguro de que los autos respetaran las luces: cuando llegaba al otro lado de Libertador se sentía siempre como resucitado.

Corrió por la vereda de Figueroa Alcorta hasta Sarmiento y allí se pasó al pasto. "Dios no hizo el cemento" decía el Máster y lo cierto es que los médicos recomendaban reducir el impacto corriendo sobre superficies acolchadas. No le importó disminuir un poco la velocidad en bien de sus vértebras y sus rodillas. Entre Sarmiento y Dorrego tenía exactamente mil metros de pasto. Decidió hacer una estirada a fondo en los últimos doscientos metros y descansar los dos minutos del semáforo de Dorrego, un cruce para respetar.

Llegó hasta la mitad del cruce con buena máquina y se paró en el descanso. Hasta ahora no había levantado más de ciento sesenta pulsaciones. Mientras estaba parado respirando cómodo y en profundidad, veía cambiar los números en la pantalla del Polar, el ritmo de los latidos bajaba rápidamente, señal de que su corazón estaba tan bien entrenado como los músculos de sus piernas. Por Dorrego, costeando el paredón del hipódromo, venía corriendo una gordita. Tuvo tiempo de verla mientras se acercaba lentamente, a una velocidad absurda. Caminando a marcha forzada hubiera avanzado mucho más rápido que corriendo así. Era una mujer mayor, de pelo largo y demasiado negro, que a cada rato tenía que sacarse de los ojos. Tendría unos veinte kilos de sobrepeso, las piernas cortas, y corría con las rodillas juntas, las puntas de los pies un poco hacia adentro: una gordita supinadora, pensó Mauricio. En otra oportunidad no le hubiese prestado atención, pero en ese momento eran los únicos dos seres vivos en leguas a la redonda. Con una mezcla de compasión y desprecio, le calculó unos ocho minutos por kilóme-

104

tro, ¡o diez! El paso era poco elástico, inarmónico y para colmo sacudía la cabeza.

Abrió el semáforo y Mauricio se largó otra vez por el pasto. Tranquilo, manteniendo una velocidad crucero. En ese momento escuchó los pasos desacompasados, inconfundibles, de la gordita, que había doblado por Figueroa Alcorta y venía ubicándose en la bicisenda que iba de sur a norte hacia la cancha de River. La mujer lo estaba corriendo. ¡Lo estaba corriendo! ¡A él! Con una enorme carcajada interior, decidió divertirse un poco y bajó deliberadamente la velocidad hasta que la sintió a unos cuarenta metros de distancia. El viento del sur le hacía llegar la respiración ruidosa, jadeante, de la pobre mujer, que parecía estar haciendo un esfuerzo supremo. De golpe el señor Stock metió la quinta y salió picando para adelante.

Era agradable sentirse corriendo así, sin esfuerzo, a una linda velocidad como para mantener en un trecho de largo aliento. No era agradable darse cuenta de que no había perdido a la gordita, cuyos pasos seguían escuchándose más o menos a la misma distancia, unos treinta o cuarenta metros, algo más acompasados. Mauricio estaba sorprendido. En un trecho corto se puede improvisar cierta velocidad, pero ya habían recorrido los ochocientos metros desde Dorrego hasta la sede del Club Gimnasia y Esgrima y la gordita empezaba a acortar la distancia. Eso ya no era improvisación, sobre todo porque los ruidosos jadeos con que había empezado la persecución se habían ido apaciguando hasta convertirse en un sonido casi inaudible, apenas sibilante en la expiración. La gordita estaba entrenada. Bien entrenada.

Preocupado, empezó a apurarse. Sentía un deseo intenso de darse vuelta para ver a su perseguidora pero sabía que eso jamás se debe hacer. NUNCA, le decía el Máster, y se lo decía así, con mayúscula, NUNCA hay que darse vuelta para mirar al rival. Por razones prácticas, porque corta el ritmo, complica la visión y hace perder tiempo. Pero sobre todo por razones psicológicas: el que se da vuelta está demostrando miedo, preocupación, está demostrando que considera la posibilidad de la derrota.

Ahora la persecución había dejado de ser un juego y Mauricio bajó del pasto, odiándose a sí mismo por romper la rutina que se había propuesto. Había salido a hacer un trabajo tranquilo, personal, de intensidad mediana, con la idea de aumentar la exigencia al día siguiente. Y ahora se había enganchado (otra vez) en una competencia sin sentido. ¿Por qué mierda tenía que ganar o morir? Además, esta vez, su rival era a tal punto ridícula que la historia no servía ni siquiera para jactarse. ¿Ganarle a quién? La alarma del monitor empezó a sonar para indicarle que había llegado a las ciento ochenta pulsaciones.

Pero el mecanismo que se había puesto en marcha en su cuerpo y en su mente estaba por completo fuera de su control. El señor Stock desactivó la alarma, dejó el pasto, que le complicaba la velocidad, y corrió también él por el cemento. Se mandó una levantada puteando contra los hijos de mala madre que habían hecho esa bosta de bicisenda y sintió que conseguía alejarse un poco de los pasos de la gordita, ahora raramente armoniosos y separados unos de los otros, como si de golpe le hubieran crecido las piernas.

El caminito para bicicletas no tenía buen contrapiso, el cemento estaba ondulado. A esa velocidad el piso disparejo lo obligaba a mirar hacia abajo para no tropezar, en lugar de fijar la vista en el cenit para acompañar el esfuerzo de las piernas con la armonía de la postura y el espíritu, como insistía el Máster. Había subido a cuatro minutos por kilómetro, calculó, y corría como si las piernas no existieran. Miró el monitor y vio que estaba llegando a las doscientas pulsaciones por minuto. Ése es el máximo, le había dicho el cardiólogo, pero ni una más. Si justamente para eso él usaba el monitor Polar, para no pasarse de las ciento ochenta.

Estaban llegando a Pampa, la persecución había durado ya dos kilómetros y, aunque la escuchaba un poco más lejos, supo que la gordita estaba apurando el paso. Trató de recordarla como la había visto cuando corría junto al paredón del hipódromo, esa imagen ridícula tenía que ayudarlo, no era posible dejarse vencer por una mujer obesa, con ropa inadecuada, con el pelo en la cara, que corría con las puntas de los pies hacia adentro. Pero ahora se iba acercando, muy rápido, ahora estaba realmente cerca, ahora le sentía el aliento en la nuca y aunque fuera absurdo le pareció que olía mal, que una larga vaharada de olor a podrido acompañaba el ruido de la respiración de la gordita y crecía hasta envolverlo.

La bicisenda se había terminado. Quedaban mil metros hasta Monroe y en esos mil metros tenía que hacerle morder el polvo, iba a poner la turbina, se arrancó de la muñeca el reloj monitor, al carajo las pulsaciones, el corazón le reventaba en el pecho cuando se largó a fondo en una levantada que ni él sabía que era capaz de hacer, mil metros a tres minutos quince, a tres minutos cinco segundos el kilómetro, si hasta ahora había corrido por su honor, ahora corría por su vida, volaba por la calle cuando llegando casi a Monroe escuchó una voz masculina que le decía qué hacés, hermano, una voz conocida, tranquilizadora, y se le puso al lado un hombre flaco, moreno, de paso elegante. Lindo trote, le dijo, a ver si todavía me hacés correr, y era la voz de la Liebre, era nada menos que Danilo Mantegazza, el campeón sudamericano, el mejor maratonista del país, que le hablaba con respeto, con una gran sonrisa admirada, a ese hombre quince años mayor que lo había obligado a esforzarse ferozmente para alcanzarlo.

Estoy haciendo un fondo de treinta kilómetros, tengo encima los Panamericanos, dijo la Liebre y el simple hecho de que le dirigiera la palabra ya era un privilegio para Mauricio, suerte hermano, yo me voy para adelante y le metió otra vez. Feliz, con el corazón salvaje, tratando de recuperar el aliento y el ritmo de los latidos con un trotecito tranquilo, Mauricio Stock lo vio alejarse. Y entendió o creyó entender que la gordita se había desviado al principio de todo, nunca había llegado a perseguirlo, debía haber seguido por el paredón del hipódromo hasta la esquina, debía haber cruzado Alcorta y seguramente se había mandado por Dorrego siempre con su paso desparejo, lento y absurdo, mientras él se enredaba en un desafío enloquecido con un corredor de elite. ¡Con el más grande, con la Liebre Mantegazza! Pero su respiración no recobraba la normalidad y el corazón, exigido, no terminaba de calmarse, hipertrofiado de entrenamiento y orgullo dentro del pecho.

Entonces lo alcanzó su perseguidor, el otro, ese viejo clásico, el infarto de miocardio, y se le puso al lado y después se le puso adentro y Mauricio Stock sintió que le cortaban las piernas. Cayó con la sonrisa feliz de un hombre que acaba de darle guerra a la Liebre Mantegazza: y así decía el Máster que había que llegar a la meta, siempre sonriendo, Mauricio, aunque estés reventado, aunque te duela como si te estuvieras rompiendo por dentro, aunque te estés muriendo, vos sonreí, que nadie se dé cuenta, que los otros no te noten el esfuerzo en la cara, vos sonreí, llegaste, hermano, llegaste a la meta, y ahora la cruzás y sos el más grande, vos sonreí, estás ahí, ganaste.

Octavio el invasor

Estaba preparado para la aterradora violencia de la luz y el sonido, pero no para la presión, la brutal presión de la atmósfera sumada a la gravedad terrestre, ejerciéndose sobre ese cuerpo tan distinto del suyo, cuyas reacciones no había aprendido todavía a controlar. Un cuerpo desconocido en un mundo desconocido. Ahora, cuando después del dolor y la angustia del pasaje esperaba encontrar alguna forma de alivio, todo el horror de la situación caía sobre él.

Sólo las penosas sensaciones de la transmigración podían compararse a la experiencia que acababa de atravesar. Pero después de la transmigración había tenido unos meses de descanso, casi podría decirse de convalecencia, en una oscuridad cálida donde los sonidos y la luz llegaban muy amortiguados y el líquido en el que flotaba atenuaba la gravedad del planeta.

Ahora, en cambio, sintió frío, sintió un malestar profundo, se sintió transportado de un lado al otro, sintió que su cuerpo necesitaba desesperadamente oxígeno, pero ¿cómo y dónde obtenerlo? Un alarido se escapó de su boca y supo que algo se expandía en su interior, un ingenioso mecanismo automático que le permitiría utilizar el oxígeno del aire para sobrevivir.

—Varón, dijo la partera —dijo el obstetra—. Un varoncito sano y hermoso, señora. ¿Cómo lo va a llamar?

—Octavio —contestó la mujer, agotada por el esfuerzo y colmada de esa pura felicidad física que sólo puede proporcionar la brusca interrupción del dolor.

Octavio descubrió, como un elemento más del horror en el que se encontraba inmerso, que era incapaz de organizar en percepción sus sensaciones: con toda probabilidad debían estar sonando en ese momento voces humanas, pero no conseguía distinguirlas en la masa indiferenciada de sonido que lo asfixiaba.

Otra vez se sintió transportado, algo o alguien lo tocaba y movía partes de su cuerpo. La luz lo dañaba. De pronto lo alzaron por el aire para depositarlo sobre un cuerpo tibio y blando. Dejó de aullar: desde el interior de ese lugar cálido provenía, amortiguado, el ritmo acompasado, tranquilizador, que había escuchado durante su convaleciente espera, en los meses que siguieron a la transmigración. El terror disminuyó. Comenzó a sentirse inexplicablemente seguro, en paz. Allí estaba, por fin, formando parte de las avanzadas, en este nuevo intento de invasión que, esta vez, no fracasaría. Tenía el deber de sentirse orgulloso, pero el cansancio luchó contra el orgullo hasta vencerlo: sobre el pecho de la hembra terrestre que creía ser su madre, se quedó, por primera vez en este mundo, profundamente dormido.

Despertó un tiempo después, imposible calcular cuánto. Se sentía más lúcido y comprendía que ninguna preparación previa hubiera sido suficiente para responder coherentemente a las brutales exigencias de ese cuerpo que habitaba y que sólo ahora, a partir del nacimiento, se imponían en toda su crudeza. Era razonable que la transmigración no se hubiera intentado jamás en especímenes adultos: el brusco cambio de conducta, la repentina torpeza en el manejo de su cuerpo, hubieran sido inmediatamente detectados por el enemigo.

Octavio había aprendido, antes de partir, el idioma que se hablaba en esa zona de la Tierra o, al menos, sus principales rasgos. Porque recién ahora se daba cuenta de la diferencia entre la adquisición de una lengua en abstracto y su integración con los hechos biológicos y culturales en los que esa lengua se ha constituido. La palabra "cabeza", por ejemplo, había comenzado a cobrar su verdadero sentido (o al menos, uno de ellos) cuando la fuerza gigantesca que lo empujara hacia adelante lo había obligado a utilizar esa parte de su cuerpo (que latía aún dolorosamente, deformada) como ariete para abrirse paso por un conducto demasiado estrecho.

Recordó que otros como él habían sido destinados a las mismas coordenadas espacio-temporales. Se preguntó si algunos de sus poderes habrían sobrevivido a la transmigración y si serían capaces de utilizarlos. Consiguió enviar algunas débiles ondas que obtuvieron inmediata respuesta: eran nueve y estaban allí, muy cerca de él y, como él, llenos de miedo, de dolor y de pena. Sería necesario esperar mucho más de lo previsto antes de empezar a organizarse para proseguir con los planes. Su extraño cuerpo volvió a agitarse y a temblar incontroladamente, y Octavio lanzó un largo aullido al que sus compañeros respondieron: así, en ese lugar desconocido y terrible, lloraron juntos la nostalgia del planeta natal.

Dos enfermeras entraron en la nursery.

—Qué cosa —dijo la más joven—. Se larga a llorar uno y parece que los otros se contagian, enseguida se arma el coro.

—Vamos, apurate que hay que bañarlos a todos y llevarlos a las habitaciones —dijo la otra, que consideraba su trabajo monótono y mal pago y estaba harta de escuchar siempre los mismos comentarios.

Fue la más joven de las enfermeras la que llevó a Octavio, limpio y cambiado, hasta la habitación donde lo esperaba su madre.

—Toc toc, buenos días mamita —dijo la enfermera, que era naturalmente simpática y cariñosa y sabía hacer valer sus cualidades a la hora de ganarse la propina.

Aunque sus sensaciones seguían constituyendo una masa informe y caótica, Octavio ya era capaz de reconocer aquellas que se repetían y supo, entonces, que la mujer que creía ser su madre lo recibía en sus brazos. Pudo, incluso, desglosar el sonido de su voz de los demás ruidos ambientales. De acuerdo con sus instrucciones, Octavio debía conseguir que se lo alimentara artificialmente: era preferible reducir a su mínima expresión el contacto físico con el enemigo.

—Miralo al muy vagoneta, no se quiere prender al pecho.

—Acordate que con Ale al principio pasó lo mismo, hay que tener paciencia. Avisá a la nursery que te lo dejen en la pieza. Si no, te lo llenan de suero glucosado y cuando lo traen ya no tiene hambre —dijo la abuela de Octavio.

En el sanatorio no aprobaban la práctica del *rooming in*, que consistía en permitir que los bebés permanecieran con sus madres en lugar de ser remitidos a la nursery después de cada mamada. Hubo un pequeño forcejeo con la jefa de nurses hasta que se comprobó que existía la autorización expresa del pediatra. Octavio no estaba todavía en condiciones de enterarse de estos detalles y sólo supo que lo mantenían ahora muy lejos de sus compañeros, de los que le llegaba, a veces, alguna remota vibración.

Cuando la dolorosa sensación que provenía del interior de su cuerpo se hizo intolerable, Octavio comenzó a gritar otra vez. Fue alzado en el aire y llevado hasta ese lugar cálido y mullido del que, a pesar de sus instrucciones, odiaba separarse. Y cuando algo le acarició la mejilla, no pudo evitar que su cabeza girara y sus labios se entreabrieran. Desesperado, frenéticamente, buscó alivio para la sensación quemante que le desgarraba las entrañas. Antes de darse cuenta de lo que hacía, Octavio estaba succionando con avidez el pezón de su "madre". Odiándose a sí mismo, comprendió que toda su voluntad no lograría desprenderlo de la fuente de alivio, el cuerpo mismo de un ser humano. Las palabras "dulce" y "tibio" que, en relación con los órganos que en su mundo organizaban la experiencia, le habían parecido términos simbólicos, se llenaban ahora de significado concreto. Tratando de persuadirse de que esa pequeña concesión en nada afectaría su misión, Octavio volvió a quedarse dormido.

Unos días después Octavio había logrado, mediante una penosa ejercitación, permanecer despierto algunas horas. Ya podía levantar la cabeza y enfocar durante algunos segundos la mirada, aunque los movimientos de sus apéndices eran todavía totalmente incoordinados. Mamaba regularmente cada tres horas. Reconocía las voces humanas y distinguía las palabras, aunque estaba lejos de haber aprehendido suficientes elementos de la cultura en la que estaba inmerso como para llegar a una comprensión cabal. Esperaba ansiosamente el momento en que sería capaz de una comunicación racional con esa raza inferior a la que debía informar de sus planes de dominio, hacer sentir su poder. Fue entonces cuando recibió el primer ataque.

Lo esperaba. Ya había intentado comunicarse telepáticamente con él, sin obtener respuesta. Aparentemente el traidor había perdido parte de sus poderes o se negaba a utilizarlos. Como una descarga eléctrica había sentido el contacto con esa masa roja de odio en movimiento. Lo llamaban Ale y también Alejandro, chiquito, nene, tesoro. Había formado parte de una de las tantas invasiones que fracasaron, hacía ya dos años, perdiéndose todo contacto con los que intervinieron en ella. Ale era un traidor a su mundo y a su causa; era lógico prever que trataría de librarse de él por cualquier medio.

Mientras la mujer estaba en el baño, Ale se apoyó en el moisés con toda la fuerza de su cuerpecito hasta volcarlo. Octavio fue despedido por el aire y golpeó con fuerza contra el piso. Aulló de dolor. La mujer corrió hacia la habitación, gritando. Ale miraba espantado los pobres resultados de su acción, que podía tener, por otra parte, terribles consecuencias para su propia persona. Sin hacer caso de él, la mujer alzó a Octavio y lo apretó suavemente contra su pecho, canturreando para calmarlo.

Avergonzándose de sí mismo, Octavio respiró el olor de la mujer y lloró y lloró hasta lograr que le pusieran el pezón en la boca. Aunque no tenía hambre, mamó con ganas mientras el dolor desaparecía poco a poco. Para no volverse loco, Octavio trató de pensar en el momento en el que por fin llegaría a dominar la palabra, la palabra liberadora, el lenguaje que, fingiendo comunicarlo, serviría, en cambio, para establecer la necesaria distancia entre su cuerpo y ese otro en cuyo calor se complacía.

Frustrado en su intento de agresión directa y vigilado de cerca por la mujer, el traidor tuvo que contentarse con expresar su hostilidad en forma más disimulada, con besos que se transformaban en mordiscos y caricias en las que se hacían sentir las uñas. En dos oportunidades sus abrazos le produjeron un principio de asfixia: cada vez volvía a rescatarlo la intervención de la mujer.

De algún modo, Octavio logró sobrevivir. Había aprendido mucho. Cuando entendió que se esperaba de él una respuesta a ciertos gestos, empezó a devolver las sonrisas, estirando la boca en una mueca vacía que los humanos festejaban como si estuviera colmada de sentido. La mujer lo sacaba a pasear en el cochecito y él levantaba la cabeza todo lo posible, apoyándose en los antebrazos, para observar el movimiento de las calles. Algo en su mirada debía llamar la atención, porque la gente se detenía para mirarlo y hacer comentarios.

—¡Qué divino! —decían casi todos. Y la palabra "divino", que hacía referencia a una fuerza desconocida y suprema, le parecía a Octavio peligrosamente reveladora: tal vez se estuviera descuidando en la ocultación de sus poderes.

—¡Qué divino! —decía la gente—. ¡Cómo levanta la cabecita! —Y cuando Octavio sonreía, insistían complacidos—. ¡Éste sí que no tiene problemas!

Octavio conocía ya las costumbres de la casa, y la repetición de ciertos hábitos le daba una sensación de seguridad. Los ruidos violentos, en cambio, volvían a sumergirlo en un terror descontrolado, retrotrayéndolo al dolor de la transmigración. Relegando sus intenciones ascéticas, Octavio no temía ya entregarse a los placeres animales que le proponía su nuevo cuerpo. Le gustaba que lo introdujeran en agua tibia, le gustaba que lo cambiaran, dejando al aire las zonas de su piel escaldadas por la orina, le gustaba más que nada el contacto con la piel de la mujer. Poco a poco se hacía dueño de sus movimientos. Pero a pesar de sus esfuerzos por mantenerla viva, la feroz energía destructiva con la que había llegado a este mundo iba atenuándose junto con los recuerdos del planeta de origen.

Octavio ni siquiera tenía pruebas de que subsistieran con toda su fuerza los poderes con los que debía iniciar la conquista y que todavía no había llegado el momento de probar. Ale, era evidente, ya no los tenía: desde allí, y a causa de su traición, debían haberlo despojado de ellos. En varias oportunidades se encontró por la calle con otros como él y se alegró de comprobar que aún eran capaces de responder a sus vibraciones. No siempre, sin embargo, obtenía contestación. Una tarde de sol, en la plaza, se encontró con un bebé de mayor tamaño, de sexo femenino, que rechazó con fuerza su aproximación mental.

En la casa había también un hombre pero (afortunadamente) Octavio no se sentía físicamente atraído hacia él, como le sucedía con la mujer. El hombre permanecía menos tiempo en la casa y, aunque lo sostenía frecuentemente en sus brazos, emanaba de él un halo de hostilidad que Octavio percibía como se percibe un olor ácido, punzante, que por momentos se le hacía intolerable. Entonces lloraba con fuerza hasta que la mujer iba a buscarlo, enojada.

—¡Cómo puede ser que a esta altura todavía no sepas tener un bebé en brazos!

Un día, cuando Octavio ya había logrado darse vuelta boca arriba a voluntad y asir algunos objetos con las manos, él y el hombre quedaron solos en la casa. Por primera vez, torpemente, el hombre quiso cambiarlo, y Octavio consiguió emitir en el momento preciso un chorro de orina que mojó la cara de su padre.

El hombre trabajaba en una especie de depósito donde se almacenaban en grandes cantidades los papeles que los humanos utilizaban como medio de intercambio. Octavio comprobó que estos papeles eran también motivo de discusión entre el hombre y la mujer y, sin saber muy bien de qué se trataba, tomó el partido de ella. Ya había decidido que cuando se completaran los planes de invasión esa mujer, que tanto y tan estrechamente había colaborado con el invasor, merecía gozar de algún tipo de privilegio especial. No habría perdón, en cambio, para los traidores. A Octavio comenzaba a molestarle que la mujer alzara en brazos o alimentara a Alejandro. Hubiera querido prevenirla contra él: un traidor es siempre peligroso, aun para el enemigo que lo ha aceptado entre sus huestes.

El pediatra estaba muy satisfecho con los progresos de Octavio, que había engordado y crecido razonablemente y ya podía permanecer unos segundos sentado sin apoyo.

—¿Viste qué mirada tiene? A veces me parece que entiende todo —decía la mujer, que tenía mucha confianza con el médico y lo tuteaba.

—Estos bichos entienden más de lo que uno se imagina —contestaba el doctor, sonriendo. Y Octavio

120

devolvía una sonrisa que ya no era solamente una mueca vacía.

Mamá destetó a Octavio a los siete meses y medio. Aunque ya tenía dos dientes y podía mascullar unas pocas sílabas sin sentido para los demás, Octavio seguía usando cada vez con más oportunidad y precisión su recurso preferido: el llanto. El destete no fue fácil porque el bebé rechazaba la comida sólida y no mostraba entusiasmo por el biberón. Octavio sabía que debía sentirse satisfecho y aun agradecido de que un objeto de metal cargado de comida o una tetina de goma se interpusieran entre su cuerpo y el de la mujer, pero no encontraba en su interior ninguna fuente de alegría. Ahora podía permanecer mucho tiempo sentado y arrastrarse por el piso. Pronto llegaría el momento en que lograría pronunciar su primera palabra y se contentaba con soñar con el brusco viraje que se produciría entonces en sus relaciones con los humanos. Sin embargo sus planes se le aparecían confusos, lejanos. A veces su vida anterior le resultaba difícil de recordar o la recordaba brumosa y caótica como un sueño.

La presencia física de la mujer ya no le era imprescindible, porque su alimentación no dependía directamente de ella, de su cuerpo. Imposible explicarse, entonces, por qué su ausencia se le hacía cada vez más intolerable. Verla desaparecer detrás de una puerta sin saber cuándo volvería le provocaba un dolor casi físico que se expresaba en gritos agudos. Ella solía jugar a las escondidas, tapándose la cara con un trapo y gritando, absurdamente: "¡No ta mamá, no ta!'". Se destapaba después y volvía a gritar: "¡Acá ta mamá!'". Octavio disimulaba con risas la angustia que le provocaba la desaparición de ese rostro que sabía, sin embargo, tan próximo.

En forma inesperada y al mismo tiempo que adquiría mayor dominio sobre su cuerpo, Octavio comenzó a padecer una secuela psíquica del Gran Viaje: los rostros humanos desconocidos lo asustaban. Trató de racionalizar su terror diciéndose que cada nuevo humano que se acercaba a él podía ser un enemigo al tanto de sus planes. Ese temor a los desconocidos produjo un cambio en sus relaciones con su familia terrestre. Ya no sentía esa tranquilizadora mezcla de odio y desprecio por el traidor. Ale, a su vez, parecía percibir la diferencia y lo besaba o lo acariciaba algunas veces sin utilizar sus muestras de cariño para disimular un ataque. Octavio no quería confesarse hasta qué punto lo comprendía ahora, qué próximo se sentía a él.

Cuando la mujer, que había empezado a trabajar fuera de la casa, salía por algunas horas dejándolos al cuidado de otras personas, Ale y Octavio se sentían extrañamente solidarios en su pena. Octavio llegó al extremo de aceptar con placer que el hombre lo tuviera en sus brazos, pronunciando extraños sonidos que no pertenecían a ningún idioma terrestre, como si buscara algún lenguaje que pudiera aproximarlos.

Y llegó, por fin, la palabra. La primera palabra. La utilizó con éxito para llamar a su lado a la mujer, que estaba en ese momento fuera de la habitación.

122

Octavio había dicho claramente "mamá". Ya era, para entonces, completamente humano. Una vez más la milenaria, infinita invasión, había fracasado.

La mujer herida

El Taunus no es nuevo pero todavía responde. Como un perro husmeando al otro, Joaquín roza casi con su paragolpes la chapa de un Honda que disminuye la velocidad. El sol pega de frente y rebota en los techos de los autos que se detienen en las casetas de peaje. El calor se ve, pero no se siente, el aire acondicionado funciona bien. En cambio el reflejo del sol lastima los ojos. Claudia baja la pantalla protectora y se yergue todo lo posible en el asiento sólo para comprobar una vez más que el vehículo está diseñado para personas altas. El cinturón de seguridad le molesta en el cuello.

—¿Lo vas a hacer otra vez? —pregunta.

—Agarrate Catalina —contesta él.

Adelante, el conductor del Honda está recibiendo el vuelto. Joaquín saca la mano con un billete fuera de la ventanilla. Siente correr por sus venas el agradable shock de adrenalina mientras la otra mano aferra la palanca de cambios con un placer casi convulso. Contiene el pie ardiendo sobre el acelerador. Se levanta la barrera y antes de que alcancen a bajarla, bien pegado al Honda, el Taunus se lanza hacia adelante y pasa sin pagar.

—¿Ves? —dice Joaquín—. Ya ni siquiera tengo que romper la barrera. ¡Ahora no estoy cometiendo ningún delito!

Claudia sonríe comprensiva y preocupada, como una madre que teme por su hijo aunque no desapruebe su conducta. Mira hacia atrás. La empleada ha salido de la caseta; seguramente grita. Tiene el pelo muy largo al viento y se ve cada vez más chica a la distancia.

—Un día vas a tener problemas.

—Es ilegal. El peaje es ilegal —dice él—. Está en la Constitución. La libre navegabilidad de los ríos, y todo eso.

Es un domingo al mediodía, hace calor, un calor que se huele, se ve, se toca, aunque adentro del auto no se perciba. A los costados de la autopista las villas miseria están activas como hormigueros, la gente se queda afuera, al sol, escapando de las casillas de chapa. Donde hay una bomba o una canilla, se ve un grupo de chicos jugando con agua.

Claudia tiene rasgos pequeños, pelo teñido de rubio. Es una linda mujer y lo sabe. El sol la obliga a guiñar. Saca de la cartera unos anteojos negros, de forma ovalada. No intenta resistirse a la sensación de felicidad. El día se les entrega todo hecho de luz, el cielo es de un azul tan perfecto que parece sólido, un muro celeste, la bóveda del tesoro. Ellos mismos son el tesoro, el auto, el aire que los circunda. La vida entera es un tesoro luminoso. Hasta el asfalto neutro resalta hoy como una larga víbora de escamas brillosas, plateadas.

—Fijate dónde hay que salir de la autopista —dice él—. El mapa está en la gaveta, a mano, delante de todo.

Pero en la gaveta hay un confuso revoltijo. Una zona oscura, donde no llega el sol. Claudia intenta desglosar el caos en busca del papel impreso con el mapita y las indicaciones para llegar a la quinta. Saca pañuelos de papel, aspirinas, piolín, un caramelo, un desodorante con aroma a coco y a frutilla, documentos, fotos, un trapo, un mapa de capital y otro de la provincia, una placa falsa de médico que Joaquín usa para estacionar, un frasco con pastillas antiácidas, guantes, un cartón negro con cables pegados para hacer creer que el pasacasetes ya fue robado, cartas de truco, un gancho de metal, un estuche de anteojos.

En ese momento, con una maniobra brusca que delata una decisión imprevista, el Taunus cambia de carril para desviarse hacia una salida, disminuyendo la velocidad.

—Pero no sabemos si hay que bajar acá —dice ella—. Todavía no encontré el mapa.

—Hay otro peaje ahí adelante —dice él—. Odio las autopistas. Olvidate del papel, estamos cerca, vamos a llegar preguntando.

El Taunus ha terminado de bajar la rampa de la autopista y avanza ahora por una calle de suburbio curiosamente intemporal si no fuera por las antenas de televisión. Las casas cuadradas, con la pintura deteriorada, alternan con baldíos y cardales.

—Un perfume de yuyos y de alfalfa... —tararea ella.

—No tararees. Mirá a la izquierda, no te lo pierdas, ese hijo de puta no morfa pero tiene parabólica —señala el hombre con un trémolo de envidia en la voz.

En efecto, la casa humilde no parece tener relación con esa boca de radar abierta hacia los cielos como para engullir toda información posible. Las calles están casi vacías. Ya es la hora de empezar con los sánwiches de chorizo, el anticipo del asado.

—Preguntemos —dice ella.

Avanzan un poco más, lentamente. Joaquín parece evaluar y desechar a distintos informantes potenciales. El sol castigando a pique derrite las máscaras y las pocas personas que caminan por la calle parecen extras en un descanso de la filmación: malos actores, inverosímiles en sus disfraces típicos. Una señora con una bolsa de compras. Una chica en bicicleta. Un señor en camiseta lavando el auto con la manguera. Tres muchachos con los pantalones caídos y cadenas colgando del bolsillo trasero, dos de ellos con la visera de la gorra hacia atrás y el otro con un sombrero de paja.

Claudia suspira. Joaquín la mira irritado. Hace poco que viven juntos y están comenzando a sentir los efectos erosivos de la convivencia. Todavía se quieren más de lo que se conocen. El aire acondicionado hace mucho ruido. Tal vez por eso no oyen llegar la moto de policía que pasa al lado del auto y se les cruza delante, a varios metros.

—Listo. Le avisaron los del peaje. Empezó el problema —dice ella.

El hombre frena de golpe, preparándose para la discusión. El policía baja de la moto. Es un muchacho joven, de piel oscura y nariz ancha. Tiene grandes manchas de sudor en la camisa, sobre todo en la espalda, y la cara empapada. Manantiales de transpiración brotan del casco, que se quita con alivio.

—Mirá el pelo. En Estados Unidos hubiera sido un negro —comenta ella.

—¿Y aquí qué es? —le contesta él.

El policía se acerca a la ventanilla del Taunus y abre la boca para decir algo pero la vuelve a cerrar. Se lo ve curiosamente inseguro, es casi un adolescente. Como un reflejo no deliberado, uno de los hombres se afianza alimentado por la inseguridad del otro.

—¡En este país no hay prisión por deudas! —dice Joaquín, con furia y sin embargo buscando, a través de su tono, la complicidad del policía, al que considera también perjudicado en lo personal y como ciudadano por el injusto precio de los peajes—. Los delincuentes son ellos. ¡A ellos los tendrían que arrestar!

—Señor, precisamos ayuda —dice el muchacho—. Urgente. Venga conmigo. Por acá.

Lo siguen con el auto unos metros más. Desde atrás del paredón de un baldío, atravesadas en la perfección del día, se asoman las piernas de un hombre tirado boca abajo. Con jeans y una sola zapatilla.

—¡Un muerto! —dice Claudia, sacándose los anteojos. En efecto, el pie descalzo hace pensar en la muerte: hasta que se mueve.

—No, ojalá, ése es el marido —explica el policía—. Está detenido, mi compañero lo está apuntando. El problema es la mujer. Nos quedamos sin pilas, todavía ni pudimos llamar una ambulancia.

—Use el mío.

Claudia se saca del cinturón un teléfono celular chiquito y muy liviano. Es agradable ser útil con tan poco esfuerzo.

—No hay tiempo —dice el policía, que ha bajado su tono todavía más, ahora les habla casi humildemente, como rogando—. ¡Está muy jodida! ¿No me la llevan a la salita de primeros auxilios? Es acá a tres cuadras.

Lo angustioso de la situación parece haberle quitado toda prepotencia. El muchacho ruega como si nunca le hubieran enseñado a dar órdenes. El aire, un momento antes tan inmóvil, ahora está cargado de urgencia. El tiempo se ha puesto en movimiento a una velocidad enloquecida que deja atrás el movimiento de los relojes.

—Seguro, vamos —dice Joaquín.

El policía desaparece detrás del paredón y vuelve casi arrastrando a una chica gordita, también teñida de rubio. La sostiene a duras penas por el brazo que ella le pasa sobre los hombros. La cara de la chica está hinchada y deformada por los golpes pero no sangra. Tiene puesto un jean y una remera corta, sin mangas pero de algodón grueso, tan empapada en sangre que no se distinguen la herida o las heridas que sin duda debe tener en el torso.

—Fue con arma blanca. No le pasó del otro lado. —explica el policía—. De atrás está limpia, no le va a ensuciar.

Joaquín hace un gesto indignado: cómo alguien va a pensar en el tapizado en un momento así. Pero no puede dejar de observar que, a pesar de las palabras del policía, de la ropa de la chica caen gruesas gotas de color rojo oscuro: no parece que se haya detenido la hemorragia.

En un segundo llegan a la salita, no más grande que el refugio de una parada de colectivos. Baja el policía y vuelve con un enfermero de ojos tristes, todavía con el mate en la mano, que mira a la chica por la ventanilla meneando la cabeza.

—Llévenla al hospital. Aquí no tenemos médico hasta las cuatro... Para tenerla tirada en la camilla...

El hospital no está lejos, dice el policía. Al entrar en zona más poblada el tránsito se hace lento, difícil. Apoyada en el muchacho, que ya tiene la camisa celeste manchada de sangre, la mujer herida tiembla convulsivamente y se queja con gemidos que parecen absorber todo el oxígeno disponible, porque en el auto nadie más puede respirar. Claudia apaga el aire acondicionado. La chica deja de quejarse. Su respiración se hace más ruidosa y curiosamente larga. Cuando suelta el aire se produce un instante de silencio, un punto increíblemente doloroso que se resuelve en el momento en que inspira otra vez, con un ronquido flemoso.

—Apurate —dice Claudia, como si fuera necesario.

Joaquín se apura. El policía saca por la ventana un brazo con un pañuelo blanco y así, tocando la bocina, pasan los semáforos en rojo. La chica herida expulsa el aire de sus pulmones lastimados una vez más, con esfuerzo, y el punto doloroso se prolonga, intolerable, en el silencio. Los tres escuchan el silencio martillando los oídos.

—¡Hay que hacerle respiración! —dice Joaquín, con su estilo claro y enérgico—. Y masaje cardíaco. ¡Rápido!

El policía lo mira por el espejito. Sus ojos oscuros y redondos están empequeñecidos por el espanto.

—¿Yo? —dice, temblando.

—¡Claudia, manejá vos! —ordena Joaquín, frenando casi de golpe—. Yo voy atrás.

La mujer se corre al asiento del conductor, lo tira para adelante y acomoda el espejito. Joaquín sale del auto y abre la puerta de atrás. Sabe lo que hay que hacer.

—Usted, vaya para adelante —le dice al policía—. Déjeme a mí.

Con enorme alivio, el muchacho se pasa al asiento de adelante y el auto vuelve a arrancar. No han perdido más de veinte, tal vez treinta segundos. Claudia maneja bien, zigzagueando entre la larga y lenta fila de autos. La cabeza de la chica herida cuelga hacia un costado y unos arroyitos de sangre se escapan todavía por la boca y por la nariz. Joaquín se arrodilla en el asiento con intención de golpear rítmicamente el pecho inmóvil como lo ha visto tan-

132

tas veces en la televisión: parece fácil. Levanta el brazo con el puño cerrado y lo vuelve a bajar, flojo. No tiene el coraje de asestar un puñetazo sobre esa confusión roja. Echa hacia atrás la cabeza de la chica, que zangolotea con los movimientos del auto sobre el asfalto desparejo, le tapa la nariz con una mano, aspira hondo para pasarle el aire por la boca y una náusea incontenible le crece desde el fondo de las tripas. Sabe lo que hay que hacer, pero no puede. Apenas alcanza a sacar la cabeza fuera de la ventanilla antes de vomitar.

—No se preocupe, señor —lo consuela el policía, que parece aturdido, como si no tuviera plena conciencia de lo que está sucediendo—. Seguro que se hubiera muerto igual.

Ahora han llegado al hospital. Las tres personas vivas bajan del auto casi al mismo tiempo. Nadie quiere quedarse con la mujer herida, a la que todavía no se atreven a llamar la muerta. El policía entra saltando los escalones de dos en dos pero tarda varios minutos en salir con un médico de barba entrecana y una pierna enyesada que se acerca al auto lo más rápido que puede, seguido por dos enfermeros que empujan una camilla.

El médico ausculta a la mujer herida, le busca el pulso en la carótida, le mira con una linternita las pupilas, intenta encontrarle algún reflejo. Poco a poco sus movimientos pierden urgencia. Después le toma una mano, mira las uñas y la palma con detenimiento.

—Está muerta hace rato.

—¡Pero recién respiraba! —lo enfrenta Joaquín.

133

—Mire, lo que para usted es recién, por ahí ya son diez, quince minutos: demasiado —dice el médico con paciencia. Le pone una mano en el hombro, pero Joaquín se la sacude con un movimiento nervioso, como un caballo que espanta un tábano—. Tan joven, pobrecita, qué locura. Vamos para adentro —y les hace una seña a los camilleros.

—¿Van a traer otra camilla? ¿Una de la morgue? —pregunta Claudia.

El médico se da vuelta y la mira con sorpresa.

—Esto es un hospital. Si se nos muere a nosotros, es una cosa. Pero no internamos cadáveres. Si quiere perder tiempo hable con la administración.

En efecto, la chica está cambiando de color. Ya se ha convertido casi completamente en un cadáver. De su cuerpo no sale más sangre y la que le empapaba la ropa empieza a virar del rojo puro al amarronado. El policía parece muy desalentado, pero alcanza a detener con un gesto a Joaquín, que ya está listo para abalanzarse sobre el médico.

—Es así nomás, señor, el doctor tiene razón. Los hospitales no agarran muertos.

Se miran los tres, indecisos. Como si fuera el centro azul de una llama, el cielo mismo vibra de calor. En la quinta, los amigos estarán terminando de comer. Habrán empezado las discusiones acerca de la digestión y la pileta. Es posible imaginar el olor celeste del agua, las manchas de sol en la sombra de los árboles copudos, el grito ocasional de un benteveo, como quien imagina o recuerda el Paraíso. Imposible, perdido.

—Voy a avisar que no nos esperen —dice Claudia.

Mientras habla por teléfono, Joaquín discute con el policía. Claudia ya lo ha visto discutir muchas veces, con muchas personas distintas. Conoce los gestos y, sin necesidad de prestar atención a la escena, puede imaginar las palabras.

—Vamos a la comisaría, no zafamos —le explica después Joaquín—. Hay que hacer un acta.

Se le acerca tratando de rodearla con su brazo transpirado, grueso, protector. Ella lo rechaza con un gesto.

—Demasiado calor. Vamos —dice, resignada.

Ahora tienen todo el tiempo del mundo, el domingo se estira infinito hacia la eternidad. El cadáver ocupa mucho espacio en el asiento trasero. El muchacho se sienta bien pegado a la puerta. De vez en cuando tiene que empujar a la muerta que amaga con caerse y se le va encima. Al fin la acomoda bien en el medio del asiento, el cuerpo caído hacia el otro lado, en una postura que en vida hubiera sido ridícula o imposible y ahora parece perfectamente lógica. Pide el teléfono para avisar a la comisaría, así ya los esperan con todo preparado. Por el camino el muchacho se presenta por fin como el agente Fiorini y les habla de lo que pasó. Cuenta una historia larga, triste, con hijos chiquitos, suegras, cuñados, denuncias de los vecinos, comentarios a favor y en contra de la muerta. Su relato es confuso, tiene errores, la cronología es oscilante, carece de los enlaces lógicos que podrían hacerlo inteligible.

—Dios me perdone —lo interrumpe Claudia—, pero me muero de hambre.

—Los dejamos en la comisaría y comemos algo por ahí —dice Joaquín, englobando al vivo y a la muerta en el mismo fastidio, el mismo obstáculo que se interpone entre él y la felicidad.

La comisaría es una construcción vieja, de techo chato, con el escudo de la provincia y una bandera argentina mugrienta, apagada en el aire quieto. En la puerta los espera una mujer terrosa, de ojos enrojecidos, vestida con unos shorts viejos y una camiseta de hombre. Usa chancletas de plástico polvorientas, de distinto color en cada pie. Se acerca lentamente y mira por la ventanilla. Cuando baja el policía, la mujer va directamente hacia él; no puede decirse que grite: de su boca, o quizás de su vientre, se escapa en forma persistente un gemido largo y finito, involuntario, como el que emite el motor de algunas heladeras cuando funcionan mal.

—Así me la traés —le dice—. Sos poca basurita vos. Poca basurita.

Es una mujer vieja y las arrugas de la cara son como tajos o cicatrices y amontonan polvo igual que todo el resto del universo. Después se da vuelta y se va, caminando despacio. Sigue emitiendo ese sonido largo y extraño, casi un silbido.

—La madre —dice Claudia.

—Lo mismo que si fuera —explica el agente—. Es la tía que la crió. La gente de aquí nos conocemos todos.

El muchacho pasa primero pero no los hacen esperar. Los atiende el oficial de guardia, porque el comisario está durmiendo la siesta. Los hace pasar a una oficina casi agradable, donde se siente menos el calor. Como muestra de gentileza, gira hacia ellos el turbo. Joaquín abre los brazos para sentir el aire fresco en el cuerpo transpirado. El oficial les pide documentos.

—¿Cómo documentos? —Joaquín estalla de hambre y mal humor—. ¿No le contaron lo que pasó? Venimos a dejar eso y nos vamos.

El aire del turbo agita el cabello rubio y lacio de Claudia, que ya le está alcanzando su documento al oficial.

—Disculpe la molestia, pero necesito los números para levantar el acta, señor... —mira la cédula de la mujer— ¿Lavandeira?

—No, yo soy Aulés —dice Joaquín, sacando su documento—. Lavandeira es el marido verdadero. Quiero decir, al revés, ¿no? El ex marido. Pero todavía en los papeles. Usted sabe. —Le entrega su documento.

—Señor Joaquín Carlos Aulés —deletrea el oficial tipeando en el teclado de la computadora. Claudia mira el revés del monitor con una atención fija, concentrada, como si pudiera atravesarlo con la vista.

El oficial les dice que siente muchísimo tener que molestarlos. Habla con sinceridad. Qué más quisiera que ahorrarles esta situación, les dice. Ellos, los del barrio, ya sabían que esos dos iban a terminar mal, y así fue. Con todo, tienen suerte: antes, les dice, en un caso así, tendrían que haber ido con la muerta mucho más lejos, hasta Dolores, y ahora todo se puede arreglar en La Plata. En el juzgado de turno de La Plata.

—Disculpe. Estoy mareada —dice Claudia.

El oficial pide que le traigan un vaso de agua fría y le ofrece recostarse en un sillón, pero ella no quiere. Apoya los codos sobre el escritorio y se sostiene la cabeza entre las manos.

—Es una occisa, señor Aulés, imaginesé: solamente el juez puede darle entrada en la morgue judicial.

Joaquín Carlos Aulés sonríe, se esfuerza por sonreír, se lleva la mano al bolsillo y la deja allí, obvia.

—Seguro que esto se puede arreglar —dice.

El oficial devuelve la sonrisa, asiente moviendo la cabeza con un gesto exagerado de aprobación.

—Es que no se arregla con plata, ojalá, se lo digo para ganar tiempo porque usted dejó el auto al sol. Y no es que no me haga falta. Mi hija toca el violín ¿sabe? Toca bien, estudia con buenos maestros. Buenos y caros. ¿Le gusta la música?

Sin esperar respuesta el oficial acciona un discman conectado a dos parlantes chicos que tiene sobre el escritorio, un objeto que parece pertenecer a un dueño más joven que él, algo que podría haber decomisado en una razzia. "La Campanella" de Paganini llena de acordes rápidos y virtuosos la habitación blanca. La música gira chocando contra las paredes, juega a rozar el silencio y renace vertiginosa en vueltas más y más veloces.

—Todo pensado para el lucimiento del violinista. Casi más que para nosotros, los que estamos escuchando —comenta el oficial, mientras dirige el concierto con una batuta imaginaria.

—A La Plata con la muerta no hará falta que vayamos los dos ¿no es cierto? —dice de pronto Claudia—. Yo podría no haber estado en el auto. Me siento mal. Estoy embarazada.

Joaquín levanta la cabeza sorprendido y le busca la mirada, pero ella sigue concentrada en el revés del monitor. El oficial la estudia un instante sin dejar de mover la cabeza al ritmo de la música, como evaluando los riesgos de su decisión.

—Ya mismo le llamo al médico, señora. El forense vive aquí a la vuelta, si hace falta la internamos enseguida —su calma desmiente la urgencia de las palabras.

La mujer duda un segundo.

—Mejor consígame otro vaso de agua. A lo mejor es hambre nomás. Me baja la presión.

El oficial mira al señor Aulés con una mezcla de lástima y solidaridad. Saca un paquete de caramelos de goma y convida a Claudia, que se pone cuatro juntos en la boca y los mastica nerviosamente.

—Yo les diría que almuercen en alguna parrillita camino a La Plata. Van a necesitar un testigo. Tenemos la confesión del marido, pero ustedes con eso no hacen nada. No se preocupen, yo consigo.

Cuando el oficial sale, Joaquín pone su mano sobre la de Claudia y deja salir una breve carcajada curiosa.

—Te querías escapar, petisa. Casi te sale bien. Hasta yo estuve a punto de entrar.

Ella retira la mano y se echa el pelo hacia atrás, dejando que algunos mechones organizadamente rebeldes vuelvan a caer con arte alrededor del óvalo de la cara.

—Pero es cierto. No mentí —dice, todavía sin mirarlo.

A Joaquín le cuesta localizar a un amigo abogado, que le confirma todo lo que les han dicho. No hay cómo ni por dónde escapar. Hay que ir a La Plata.

—Conseguí un testigo buenísimo —el oficial vuelve a entrar alegremente a la oficina—. Eso sí les pido, que si se paran a comer no me lo dejen chupar.

El auto es una trampa de metal recalentado deshaciéndose al sol. Adentro se siente o tal vez se imagina un olor dulzón que Claudia intenta tapar con desodorante. El hedor de la sangre seca se mezcla con perfume a coco y frutilla. Tapan a la muerta, la envuelven casi con un acolchado rosa muy gastado. El agente Fiorini, que se cambió la camisa, y el testigo, un hombre bastante sucio, con olor a vino, se apretujan en el asiento de atrás, tratando (pero es un intento imposible) de dejar espacio entre ellos y la muerta, que crece a cada instante. Hay que echar a una mosca que se ha metido en el auto al abrir las puertas. Se ponen en marcha con las ventanillas abiertas y el aire acondicionado funcionando.

Por el camino el agente Fiorini le toma lección al testigo, que repite su discurso como un buen alumno, memorizando cuidadosamente todos los detalles.

Las preguntas y respuestas van delineando la figura de un hombre flaco, que le pega a su mujer en silencio, para no despertar a los chicos. Un hombre que finalmente saca un cuchillo, el mismo que usa para trabajar en el frigorífico como destazador de reses, y la amenaza. Recién entonces la mujer empieza a gritar y van llegando los vecinos.

—Usted va a decir que entró a la casa y lo vio. Entonces le van a preguntar cómo era la casa —el agente Fiorini adiestra al testigo—. Las paredes son celestes. Las sillas son de plástico, anaranjadas. ¿De qué color es el tapizado de las sillas?

—No tienen tapizado porque son de plástico, anaranjadas —dice el testigo, sin caer en la trampa.

—Va a tener que explicar por qué los siguió hasta el baldío.

—La piba, la señora, salió corriendo, el Moncho la perseguía con el cuchillo grande de destazar, yo me les fui detrás, también con los otros vecinos.

—¿Usted por qué entró a la casa? Hable de los gritos.

—Yo entré porque escuché los gritos, como las otras veces. Ella siempre gritaba al final, para pedirnos ayuda a los vecinos.

—¿Ella siempre gritaba? —quiere saber de pronto el agente Fiorini y algo ha cambiado en el tono de su pregunta, ya no parece estar personificando al juez, o al secretario del juzgado, le tiembla un poco la voz, quiere saber.

—Ella gritaba, sí. Siempre gritaba cuando se las veía muy negras, cuando él sacaba el cuchillo, ahí

141

era que gritaba la pendeja pidiendo ayuda. Y la que se metía antes que ninguno, por lo más general era la señora Sandra, que eran muy amigas, la que le cuidaba a los chicos cuando ella se iba a trabajar, la mujer del Rosamel.

El agente Fiorini no pregunta más y se hunde en el asiento. La vida y la muerte del bulto que se endurece de a poco en el asiento de atrás van tomando forma para Joaquín y Claudia. Desean librarse de ella cuanto antes. Sin embargo, el hambre puede más.

—Total, el día está perdido —dice Joaquín—. Qué apuro hay.

Ya son casi las cuatro de la tarde cuando eligen una parrilla al borde de la ruta.

—Igual hasta después de las cinco va a ser difícil que lo encuentren al juez —les asegura el agente Fiorini.

Joaquín sale del baño. Se ha mojado la cara, el pelo y la nuca, sin secarse. El policía y el testigo ya están sentados. Sobre la mesa de fórmica gris una botella de vino le recuerda las recomendaciones del oficial. Claudia está eligiendo una revista. Él se le acerca despacito y la toma de atrás, de la cintura.

—¿Entonces es verdad? ¿Estás embarazada? ¿Es mío? —le dice en voz muy baja, casi en el oído.

—Hay que ser muy infeliz para preguntar eso —dice Claudia, devolviendo el susurro, para que no los escuchen desde la mesa. Habla con un tono de odio sibilante que lo golpea por inesperado. Joaquín la suelta y retrocede un paso, desconcertado—. Hasta que preguntaste si era tuyo.

—Estás diciendo pavadas, Claudia.

Claudia no contesta. Va a sentarse a la mesa con los otros. Mientras comen el asado de tira, Joaquín piensa que hay que hacer algo, hay que hacer algo, hay que hacer algo. Sin embargo, por el momento no se le ocurre nada más que masticar con esfuerzo la carne un poco seca (pero a esa hora ya no queda mucho para elegir) y compartir el vino con el agente Fiorini. El testigo, a pesar de las sospechas en su contra, se ha limitado a pedir una Pepsi. Claudia toma agua mineral sin gas y con el tenedor hace dibujitos imaginarios en el plato, produciendo un sonido raspante.

Están entrando a La Plata cuando el agente Fiorini empieza a acosar al testigo. Parece más borracho de lo que corresponde a la cantidad de alcohol ingerida.

—Vos estabas ahí. Vos estabas ahí y no hiciste nada —le dice.

—Yo estaba qué, dónde estaba. Yo soy el testigo, agente, se olvidó, si usted mismo me está diciendo lo que tengo que contar, yo vi lo que vos querés, loco, lo que se te ocurra, soy el testigo, yo.

—Vos estabas de verdad, a mí no me engañás, estabas y no la defendiste, dejaste que ese animal la matara y no hiciste nada, negro de mierda, vos sos vecino, vos estabas.

El agente Fiorini, buen muchacho, se ha puesto colorado, con ese tono subido que toman los muy morochos. Dándole la espalda al cadáver, saca de la cartuchera la nueve milímetros y apunta vagamente a todo el mundo. Joaquín, aterrado, se detiene en mitad de la calle. Las manos le tiemblan sobre el volante. Claudia está muy quieta, no parpadea, murmura unas palabras que pretenden tranquilizar al muchacho, pero él no la escucha.

—¡No la defendiste, hijo de puta! —grita, casi sollozando, mientras le quita el seguro a su arma.

Pero el testigo no está asustado. Es el único de los vivos que no parece asustado. Al contrario, va perdiendo su actitud insignificante y sumisa.

—¿Yo no la defendí? ¡Y vos qué hiciste, pedazo de nada, pedazo de mierda! ¡Poca basurita te dijo la tía! ¿O te creés que todos no sabíamos quién era el que se la movía, con perdón de la difunta! —el testigo se persigna respetuosamente.

El agente Fiorini estalla en llanto y baja la pistola. Suavemente, casi con cariño, el testigo se la saca de la mano.

—No puedo más ir así, al lado de ella —llora el agente Fiorini.

El testigo se mete en el cinturón el arma reglamentaria y con mil disculpas le pide a la señora que lo deje ir al policía en el asiento de adelante. Claudia baja del auto. El agente Fiorini, sin dejar de llorar, se sienta al lado de Joaquín. El testigo se acomoda atrás, pegado a la muerta, dejándole lugar a Claudia.

En ese momento pasa un taxi. Claudia lo para, sube y se va. El sol está empezando a atenuarse en el cielo implacable. Claudia baja la ventanilla del taxi, que acelera, y deja que el viento entre con fuerza. Ya no le importa lo que pase con su pelo. No está embarazada. En cambio le gustaría escaparse de todo como se escapó la muerta, aunque de otra manera.

—Seguro que se fue para el juzgado, ¿no? Seguro que la encontramos ahí... —pregunta Joaquín, mirando ansiosamente al testigo por el espejito, como si pudiera leer el sentido de su vida en los ojos un poco velados del hombre.

—Quién sabe —dice el testigo, solemnemente—. Quién puede saber.

El señor Joaquín Carlos Aulés se aferra al volante y apoya la cabeza en los brazos. Sigue haciendo tanto calor como al mediodía pero con menos brillo, porque está bajando el sol.

Vida de perros

Me llamo Juan Domingo Benjamín. Juan Domingo, por ser ahijado de Juan Domingo Perón, que fue tres veces presidente de la Argentina. Y Benjamín por ser el menor de mis hermanos.

Benjamín es nombre de hijo menor. Yo digo: si mis padres me pusieron así es porque ya habían decidido que no iban a tener más hijos. Entonces ¿no podían haberlo decidido antes de tenerme a mí? Como séptimo hijo varón, mi vida no fue fácil.

Por ejemplo, fue un problema tener de padrino a Perón, un presidente argentino al que muchos querían y muchos odiaban. Una ley nacional decía que el séptimo hijo varón tenía que ser ahijado del presidente, para que no lo trataran mal por lobizón. Pero mi familia era antiperonista. En el fondo, todos hubieran preferido que me convirtiera en lobo las noches de luna llena y no que me llamara Juan Domingo.

Lo más triste es que yo me convertía en lobo de todas maneras. No exactamente en lobo, sino en un perro negro y enorme, siempre muerto de hambre. En realidad, tampoco era en las noches de luna llena, sino todos los viernes a la noche y algunos martes.

Dice mamá que cuando era bebé me convertía en un cachorro peludito, suave y muy cariñoso, y con un poco de carne picada me calmaba, aunque no fue-

147

ra carne humana. Todos tenían la esperanza de que criándome así, domesticado, de grande me iba a conformar con cualquier cosita que encontrara en la heladera.

Pero a partir de los diez años las noches de los viernes ya empezaron a ser un desastre. Ustedes tienen que entender que un lobizón es un bicho de campo. Vivir en la ciudad era para mí un motivo de tortura constante. Mamá había dispuesto que mis tres hermanos mayores tenían que turnarse para cuidarme y asegurarse de que no me pasara nada cuando andaba por ahí.

Ahora, imagínense lo que debe haber sido para un muchacho de dieciocho o veinte años, que hubiera querido ir al cine con la novia o salir a bailar, tener que pasarse la noche del viernes corriendo detrás de su hermanito lobizón. Lo más natural hubiera sido que me odiaran y así pasó con Ariel y Marcos. En cambio siempre me llevé muy bien con Jonathan, que le encontró la vuelta al asunto de mis transformaciones y llegó a divertirse mucho conmigo en las correrías de los viernes.

Vivir conmigo en la ciudad era un problema constante para todos, pero papá no quería mudarse porque trabajaba en la construcción. "Si nos vamos a las afueras, me voy a tener que pasar la mitad del día arriba del auto", decía cuando mamá insinuaba que la familia podía vivir en el campo mientras él trabajaba en la ciudad.

Mientras tanto para mí era un problema tremendo el asunto de los cementerios. Los lobizones somos mansitos y nunca atacamos a la gente. Pero no nos queda más remedio, cuando somos perro, que alimentarnos de dos cosas: carne humana y caca de gallina. Yo sé que para la gente común suena repugnante, pero después de todo es una costumbre bastante inofensiva. Por eso en el campo se escuchan tantas historias de lobizones rondando los gallineros o el cementerio.

Como nuestra familia es judía, mamá, que no quería verse en problemas, les había aclarado muy bien a mis hermanos que no me dejaran meterme en cementerios católicos. Yo creo que un poco por protegerme, un poco porque consideraba que lo correcto era que cada uno se dedicara a lo suyo, y otro poco, porque pensaba que la carne de cristiano me podía caer pesada. En fin, todo el mundo tiene sus prejuicios.

—Si encuentran a un lobizón en el cementerio —decía mamá— lo van a correr con palos gritándole "maldito lobizón". Pero a vos te van a gritar "maldito lobizón judío".

—Es lo mismo —decía yo.

—No es lo mismo —decía mamá.

—Si encuentran un lobizón en el cementerio el pobre bicho la pasa mal de todos modos, mamá —decía yo.

Mamá era un poco ingenua y creía que ella podía comprender mi sensación de ser diferente. Ahora digo un poco ingenua, pero entonces me daba rabia. Hay que haber sido lobizón para saber lo que es ser diferente de verdad.

Ahora me doy cuenta de que tener un hijo lobizón debe ser casi tan terrible como ser lobizón uno mismo. Pero solamente casi.

Lo cierto es que desde casa hasta el cementerio judío había un tirón largo y cuando estaba transformado yo no podía usar ningún medio de transporte. Tenía un aspecto amenazador que asustaba a los guardas de tren y a los taxistas. Corría a mucha velocidad y a mis hermanos les costaba un montón mantenerse a la par mía, por más que me tuvieran atado con la correa. Pero igual no llegaba y finalmente terminaba comiendo de cualquier cadáver que encontrara por ahí, sin ninguna garantía de limpieza y buena calidad.

Siempre tuve un olfato fantástico para encontrar cadáveres: la gente común no se da cuenta, pero todas las noches hay crímenes, linyeras muertos, accidentes de auto en la gran ciudad. Mis hermanos cuidaban de que me conformara comiendo un poco de cada uno para que no se notara demasiado mi presencia. Hubiera sido muy desagradable encontrarse con comentarios sobre un cadáver extrañamente devorado en el noticiero de la tele o en el diario de la mañana.

Fue Jonathan el que tuvo la idea que finalmente solucionó una parte del problema: vivíamos a tres cuadras de la Facultad de Medicina. A principio el gusto a formol de los cadáveres que había en la morgue de la facultad me molestaba un poco y hasta me daba alergia. A la mañana siguiente me levantaba con los párpados hinchados y con mareos. Con el tiempo me acostumbré y el formol ya me parecía tan necesario para darle sabor a los cadáveres como la mostaza para la carne de puchero.

Jonathan, que estudiaba medicina, se había hecho juegos de llaves de todas las puertas de la facultad. Los cadáveres de la morgue tenían la ventaja de que a nadie le llamaba la atención si les faltaba una parte, porque los estudiantes de medicina siempre se andan llevando manos, orejas o piecitos para hacer bromas espantosas.

Creo que esa necesidad mía influyó en mi vocación. Cuando llegó el momento yo también decidí ser médico, un poco por seguirlo a Jonathan y otro poco porque me resultaba tan cómodo para resolver el hambre de los viernes a la noche.

No crean que conseguir caca de gallina era mucho más fácil que conseguir cadáveres. Al principio, cuando era muy chico, todavía había algunos gallineros por el barrio y al Mercado Grande traían gallinas vivas, que venían todas apretadas en unos enormes jaulones. Mientras mis otros dos hermanos perdían como tontos toda la noche y todas sus energías persiguiéndome por los suburbios, de gallinero en gallinero, una tarea agotadora y peligrosa, Jonathan, como siempre, encontró la mejor solución.

Por unos pocos centavos, los tipos que limpiaban el Mercado a la noche le juntaban los viernes todo el excremento de gallina en una bolsa. Jonathan se lo llevaba diciendo que lo necesitaba como abono para una quinta de fin de semana. Y yo podía comer tranquilamente en mi casa, debajo de la mesa en mi lindo plato verde.

Uno se acostumbra a cualquier cosa y mi familia inmediata me soportaba muy bien, menos la abuela Sara, que era muy religiosa. A ella la ponía furiosa que yo me transformara precisamente la noche de los viernes, cuando empieza el Sábado que es día sagrado y de fiesta. Tenía la esperanza de que mi mala costumbre cambiara cuando cumpliera los trece años, una edad en la que se supone que uno se hace cargo de sus responsabilidades.

La abuela no quería aceptar por nada que yo no elegía el momento de la transformación, pero por suerte no estaba enojada conmigo. Me llamaba su nietito preferido y me preparaba deliciosas galletitas con semillita de amapola: les echaba toda la culpa a mis padres por no saber controlarme y educarme mal.

Ya era casi adolescente cuando mamá y papá empezaron a asistir a un grupo de autoayuda para padres de chicos especiales. Los domingos se organizaban asados en la quinta de la familia de Gustavo, que se transformaba en chancho o en perro con cabeza de chancho y con el tiempo llegó a ser gran amigo mío. Su apetito por las gallinas podridas y los choclos crudos era más fácil de satisfacer que el mío, pero también le causaba dificultades.

Los chicos odiábamos esos asados, donde nuestros padres intentaban que nos hiciéramos amigos y jugáramos todos juntos. Era absurdo. En primer lugar, no hay tantos lobizones, de manera que nos juntaban con brujas, chicos-tigre, videntes, poseídos y toda clase de personajes cuyos problemas no tenían nada que ver con los míos.

Para los padres estaba muy bien, porque tener un hijo diferente puede ser un problema parecido para los padres de un lobizón o de una bruja. Pero nosotros nos mirábamos con desconfianza y no encontrábamos nada en común. Una bruja es bruja todo el tiempo y cuando yo no estaba convertido en lobizón era un chico como cualquiera, salvo los sábados, que me pasaba todo el día en la cama para descansar de las correrías del viernes, tomando Paratropina para el dolor de panza por haber comido tantas porquerías.

Mi mamá insistía en que tenía que participar en esas reuniones porque me convenía el ambiente. Tenía la ilusión de que encontrara allí alguna chica lo bastante rara como para que su familia me aceptara con alegría. Me insistía mucho que fuera a los bailes del sábado a la noche y siempre me hablaba de los encantos de Juliana.

Juliana, pobrecita, era de esos lobizones que no se convierten en lobo sino en el primer animal que ven cuando se despiertan el viernes a la mañana. Gustavo con ser chancho (a veces perro con cabeza de chancho, que es bastante común) y yo con ser perro estábamos mejor que ella, que había pasado por todas.

Durante mucho tiempo tuvieron en la casa un canario, para que lo viera en cuanto abriese los ojos. Pero los pájaros son demasiado frágiles, y los padres tenían terror de que se lastimara o la atacara un gato.

Enjaulada sufría mucho. En verano tenían terror con los bichitos, en invierno se volvían locos con las cucarachas: desde que nació y se empezó a notar el problema, la madre dormía con un ojo solo, para asegurarse de que iba a estar despierta antes que ella, controlando lo primero que viera.

Después del canario tuvieron un perro grandote, un viejo pastor inglés, así Juliana se convertía en un animal robusto y seguro. Pero vivían en un departamento demasiado chico y con los dos perros se les hacía terriblemente incómodo. Cuando estuvo en edad de elegir, Juliana se decidió por un gato. Una vez las hermanas, por hacerle una broma, la despertaron con una lombriz delante de los ojos y fue horrible.

Era una chica malhumorada, con una cara completamente inexpresiva, como si sus músculos estuvieran tan agotados de modificarse en las transformaciones que ya no le quedaran fuerzas para sonreír o llorar. Lo único que le interesaba era estudiar. Una vez, por hacer un experimento, había dejado un microscopio al lado de la cama y se había convertido en bacteria. Le gustaban mucho las matemáticas y pensaba estudiar física nuclear. Ella suponía que su problema tenía alguna relación con los átomos y las moléculas.

Cuando pensábamos en nuestro futuro, de algún modo todos nos inclinábamos por profesiones que pudieran ayudarnos a resolver nuestro problema, como biología, química, medicina, pero también sociología, filosofía y hasta ciencias ocultas.

A mí, las chicas del Grupo de Padres Especiales no me interesaban nada. Me irritaban las poseídas, tan imprevisibles, y más todavía las brujas (séptimas hijas mujeres), que serían un problema para sus padres pero estaban encantadas de jugar con sus poderes y se divertían ensayándolos.

Tenía diecisiete años cuando conocí a Débora. ¿Por qué las mujeres siempre creen que nos van a cambiar, a curar, a convertir en algo diferente a lo que somos? ¿Por qué en lugar de enamorarse de nosotros mismos, se enamoran de ciertas posibilidades que nos atribuyen? Débora decidió emplear todo su amor en convertirme en una persona normal.

Para entonces yo había leído todo el material literario y científico que existía sobre los lobizones. Incluso había aprendido inglés para poder leer textos que no estaban traducidos. Sabía que había muchos casos de hombres-lobo que llegan a casarse y convivir normalmente con sus mujeres sin que ellas se enteren de su condición. Todo está en encontrar una excusa adecuada para los viernes a la noche... y estar preparado para cuando la transformación sucede en un martes. Pero yo había sido criado en una casa donde la gente hablaba libremente de sus problemas. ¿Cuánto tiempo podría haber guardado el secreto con la mujer de la que estaba enamorado? Necesitaba, sobre todo, besarla. Y no hay nada tan desagradable como el beso de un lobizón: cuando lame la boca de una persona, el otro queda con un gusto muy feo, con náuseas y arcadas y sin poder comer durante varios días.

Débora estaba convencida de que el mío era un problema psicológico. Insistía en que estaba "somatizando", es decir, expresando con el cuerpo problemas que en realidad habían empezado en mi cabeza. Como quien se engripa para no tener que dar examen.

Yo mismo empecé a pensar que tal vez fuera cierto y traté de darme cuenta de qué había en la conducta de mis padres que me llevara a esta situación. ¿Quizás era porque me habían dejado dormir demasiado tiempo en su pieza cuando era bebé? ¿Trataba de espantar a mi padre con mis dientes de lobo para quedarme con mi madre, como un Edipo cualquiera? ¿Me convertía en lobizón como efecto del embarazo no deseado de mi madre? ¿Era una reacción a la excesiva exigencia que tenían con respecto a mis estudios? ¿O sólo era la manera de acaparar el cuidado de mis padres y ser alguien especial, distinto de mis hermanos, en una familia tan numerosa?

Débora me convenció de que tenía que tratarme. Así conocí al doctor Garber, que sabía mucho de pacientes neuróticos pero les aseguro que de lobizones no sabía ni jota. Cuatro veces por semana me acostaba en su diván y le hablaba de mis problemas, que eran bastante parecidos a los de todo el mundo. Mis relaciones con mis padres, con mis hermanos, con mi novia y, sobre todo, las dificultades que tenía para ganar suficiente dinero como para pagar el tratamiento. Este último tema nos llevaba buena parte de las sesiones.

Cuando llegaba a mis problemas específicos de lobizón, el doctor Garber se quedaba callado y no trataba de interpretar mis palabras. Yo le hablaba mucho de las molestias intestinales. Mi aparato digestivo de persona humana sufría muchísimo por tener que digerir las basuras que comía como lobizón. Como hay tanta relación entre los nervios y los dolores de panza, yo pensaba que el psicoanálisis iba a poder ayudarme mejor que un médico de los que dan pastillas. Sin embargo, después de varios meses de tratamiento, me di cuenta de que algo fallaba: el doctor Garber simplemente no me creía. Él entendía lo de "convertirme en perro" como una forma de expresar ciertos sentimientos o sensaciones, como una manera de decir. Y por más que yo le explicaba los detalles, cómo me crecían el pelo y los dientes, cómo me iba encorvando hasta caminar en cuatro patas, cómo me olvidaba de mi humanidad y sólo sentía esa hambre horrible de cadáveres y gallineros, él seguía pensando que todo sucedía en mi imaginación. No me consideraba loco, porque fuera de esa manía persistente en todo lo demás yo razonaba como cualquier persona, pero sí un caso grave, casi al borde de la locura.

Empecé a tenerle un poco de bronca. Yo ya había empezado a estudiar primer año de medicina, pero no dejaba de investigar en los libros de leyendas o de ciencias ocultas. Ningún científico serio se había ocupado de nosotros, los pobres lobizones del sur, bastante distintos de los licántropos, los hombres lobos de la antigüedad, y distintos también de los temibles hombres lobo europeos, que atacaban ferozmente a las personas. Algunas de las cosas que decían esos libros eran ciertas y otras eran puros inventos. Por fin descubrí algo que parecía interesante pero necesitaba alguien cuyo destino me importara muy poco para atreverme a experimentar. El doctor Garber me tenía harto. Averigüé algo sobre su vida: estaba separado y no tenía hijos. No quise contarle nada a Débora para no preocuparla.

En nuestro próximo encuentro desafié al doctor Garber a que me atendiera un viernes a medianoche. Naturalmente, se negó.

—Yo tengo que mantenerme fuera de su manía —me dijo—. Si paso a formar parte de sus delirios, ya no voy a tener la posibilidad de curarlo.

Pero finalmente lo convencí.

Eran las doce menos cuarto cuando llegué al consultorio. Como siempre, me abrió la puerta del departamento con portero eléctrico y me dejó sentado unos minutos en la sala de espera, como si estuviera atendiendo a otros pacientes. Como siempre, me quedé mirando el retrato de una mujer con la boca muy abierta, como en un grito mudo. ¿Qué le pasaría? ¿A quién estaría pidiendo ayuda?

Por fin me hizo pasar al consultorio. Me acosté en el diván como siempre y empecé a hablar de tonterías. A las doce menos un minuto le mostré el dorso de la mano, que empezaba a cubrirse de pelos.

—A mí me pasó lo mismo —me dijo el doctor Garber— cuando estaba tomando Minoxile por boca para que me creciera el pelo en la cabeza: me salieron pelos hasta en las orejas.

—Pero no tan rápido, supongo —le contesté, y mi voz ya estaba empezando a cambiar.

Todo sucedía normalmente. La cara se me cubrió de pelo, me crecieron las orejas, la boca y la nariz se estiraron hacia adelante transformándose en un horrible hocico de perro mientras mi columna vertebral se prolongaba para formar una cola. Lancé un enorme aullido. Esta vez había una diferencia en mi transformación. A través de muchos meses de ejercicios y entrenamiento, yo podía conseguir que una parte de mi mente humana permaneciera conmigo en ese cuerpo perruno. Tenía un cierto control de mis actos, el suficiente como para poner en práctica mi experimento.

El doctor Garber, que al principio había intentado alguna interpretación psicológica de lo que estaba pasando, había abandonado toda razón y era sólo una pobre cosa asustada, un cuerpo sacudido por el terror.

En su desesperación por escapar de mí tiró al suelo su hermoso y cómodo sillón de analista. Lo perseguí por el consultorio, poniéndome delante de la puerta para impedirle escapar. El lugar era chico. Corriendo, volteamos las macetas del potus y el helecho y también la lámpara de pie.

Desesperado, el pobre doctor Garber abandonó todo intento de escapar y se acurrucó en un rincón, tapándose la cabeza con los brazos. Así no me servía. Con un poderoso aullido lo hice poner de pie otra vez y fingí apartarme de la puerta para que otra vez tratara de salir.

Entonces, me abalancé sobre él.

O, mejor dicho, debajo de él.

Pasé por entre sus piernas.

Había leído que cuando un lobizón pasa por entre las piernas de una persona, le traspasa su maldición y se libra de su mal: el otro queda transformado en lobizón para siempre. ¡Y estaba dando resultado!

Un par de semanas después, cuando recibí un llamado desesperado del doctor Garber, le recomendé consultar a un psicoanalista.

Viajando se conoce gente

Pero antes o después llega el momento en el que uno descubre que Atenas es muy parecida a Constitución y todo pierde su magia menos Venecia, pero aun la de Venecia sigue siendo una magia previsible, tan neblinosamente igual a la que uno imaginaba y para qué, entonces, seguir viajando, soportar las esperas en aeropuertos incómodos, idénticos, el olor a plástico de los aviones, extrañar los bifes de chorizo como sólo en Buenos Aires. Porque todo París es como cierta zona de Plaza Francia y los bidonvilles se parecen a los cantegriles y los slums y las favelas a las villas miseria, y en Papeete y en Bora Bora los indígenas repiten para uno esa versión de las danzas nativas establecida por Hollywood, el Obelisco de Washington es igualito al de la Nueve de Julio pero en ladrillo, también en Nueva York el verano es húmedo y pesado, se hinchan los tobillos, hay olor a podrido, una podredumbre apenas menos frutal que la de Río, el centro de Tokio está atestado, hombres de negocios con sus attachés como en Florida y Sarmiento, las empleadas públicas en Moscú se pintan las uñas en vez de atender a la gente, las putas de Polonia son apenas más rubias que las del Tigre, en todas partes las supercarreteras son idénticas a sí mismas y tan difícil retomarlas si se equivoca la salida, en las playas de Melbourne los australianos se bañan en un océano de olas marplatenses y entonces uno vuelve a intentarlo en los países nórdicos, viaja a Pekín o al corazón del África, compara una vez más el Himalaya o los Alpes con Bariloche y sabe que ha fracasado, que no hay nada tan perfecto, tan definitivo como el turismo para decretar la imposibilidad del deseo y sabe o debería saber que la culpa no es solamente del mundo, de ese mundo que se maquilla para adaptar su cara a aquella que la mayoría de los viajeros desea ver, el mundo que le muestra al turista sus zonas deliberadamente pintorescas, falsas, las personas vestidas como lo indican por escrito las guías de turismo, los monumentos que se mantienen cuidadosamente similares a las fotos de los libros de arte. La culpa es también del viajero, de sus duros límites, de los compartimientos que en su mente organizan, deforman, digieren la experiencia, esa fila de ordenados casilleros a los que deben adaptarse sus sensaciones, las hermanastras de Cenicienta cortándose los dedos de los pies o los talones para calzarse el zapatito y sin dolor, gustosamente cepillando los bordes ásperos, las puntas que sobresalen, doblando, ajustando, recortando para que Atenas siga siendo igualita al barrio de Constitución y el Partenón no tenga nada que no se haya visto ya en diapositivas.

Pero entonces, si uno tiene la dudosa fortuna de haber nacido en otro tiempo (un tiempo en el que las diferencias se han reducido todavía más), si uno tiene la suerte definitiva de pertenecer a la escasa elite que puede permitirse los viajes por el hiperespacio, esos viajes que para la mayor parte de los hombres y las mujeres del mundo no son más que un sueño fantástico, ocupados como están en el difícil arte de sobrevivir, de obtener ese puñado de soja o de krill que habrán de compartir con sus hijos, introduciendo la pasta semimasticada entre los labios agrietados de un bebé al que el hambre ha vuelto inapetente, si uno pertenece a esa elite y está desencantado del mundo, siempre le queda el universo, las lejanas galaxias, los innumerables planetas en los que el hombre se ha mezclado y adaptado, creando nuevas culturas sincréticas o arrasando las culturas nativas para construir sus puertos y sus torres y su ideal de la felicidad, esas casitas de tejas coloradas en un jardín donde también el césped es rojo y canta por las noches con voces animales y cada dos días es necesario renovar la pintura verde que lo cubre aunque las familias snobs del vecindario insistan en mantenerlo en su color natural. El infinito, infinitamente variado universo, se dice entonces uno, mientras el camarero lo ayuda a introducirse en el compartimiento especialmente construido para adaptarse a la forma de su cuerpo en el que deberá soportar las largas molestias del viaje, de su primer viaje a través del hiperespacio.

Pero si en el primer viaje hay todavía una esperanza, si la llama de la ilusión no ha muerto, si se ha soportado la náusea y esa sensación espesa de la sangre que pugna por escaparse del cuerpo, las contracciones de los poros ansiando vomitarla, la súbita descarga de los intestinos que absorben las paredes del compartimento mientras emiten un olor a lluvia y a

163

tierra mojada (pero se sabe que no hay tierra ni lluvia sino negros agujeros del espacio) y los ojos giran enloquecidamente en sus órbitas y los huesos parecen clamar por desprenderse de su envoltura de carne, si se ha soportado el servilismo de los tripulantes, los camareros de Slolub, ese planeta casi tan superpoblado y miserable como la Tierra misma, es más doloroso todavía el regreso, la carga de recuerdos en forma de objetos o imágenes que lo acompaña.

Hay los relatos, es cierto, hay la posibilidad de contar, distraer a la muerte con relatos, describir para los amigos levemente envidiosos las historias de Nueva New York, donde las células terrestres son lo bastante valiosas como para que una nube de chicos nativos semidesnudos y hambrientos siga a los turistas con la esperanza de obtener sus esputos, un trocito de uñas o de pelo, donde los hoteles son gratis a condición de que los huéspedes se dignen a depositar sus excrementos en esas cajas redondas, herméticas, que los camareros rondan con miradas ansiosas. Y están, claro, esos otros amigos que también han viajado y se empeñan en corregirnos los recuerdos, en negar o en cambiar de hemisferio las tormentas de basura de Hybris, en asombrarse de que hayamos percibido corrupción y tristeza en Littil, donde los distintos Estados guerrean permanentemente por la posesión del pequeño continente rodeado de mares sin término.

Y entonces, si uno no se llama Marga Lowental Sub-Saporiti, entiende por fin que es mejor quedar-

164

se, renunciar a los viajes, permanecer para siempre en su propio microcosmos donde una mirada inteligente puede encontrarlo todo, en ese castillo de cristal que es Buenos Aires, marcados sus límites definitivos por muchedumbres miserables, hombres y mujeres que lo han perdido todo menos ese impulso fantástico que los ha llevado a arrastrarse a través de los breves campos y las anchas ciudades para terminar amontonándose allí, en el borde de la ciudad grande, de la ciudad-mito, aplastando sus narices contra los confines como si pudieran sentir a través de las barreras el olor mágico de la prosperidad y las barrigas llenas de sus habitantes, hombres y mujeres y chicos que luchan y se destrozan para acercarse a las fronteras, la ñata contra el vidrio, agonizantes.

Pero Marga Lowental Sub-Saporiti no. Marga estaba dispuesta a seguir, a intentarlo una y otra vez, sin esperanzas, llevada por la inercia de ese movimiento que había comenzado hacía tantos años y que seguía obligándola a partir, a regresar y partir hacia destinos que, a pesar de todo, insistía en imaginar más asombrosos, más diferentes de lo que finalmente eran, de lo que su propia capacidad de percepción estaba capacitada para aprehender.

Porque después de todo, en los viajes, decía Marga a quienes inquirían sin comprender las causas que la llevaban a atravesar una y otra vez el negro punto que se extendía entre las estrellas, en los viajes se conoce gente. Y no se refería por cierto, Marga, al sórdido amor de los camareros de Slolub, cuyas funciones incluían introducirse desnudos en los cubículos de los pasajeros (y qué hábiles, qué inteligentes profesionales eran) para provocar ese orgasmo que ayudaba a paliar las angustias del salto.

Se refería, por ejemplo, a esto, Marga, a este pasearse junto a Carlos entre las altas pilas de desechos estelares de Mieres, basurero del universo, el gran país continente que, desoyendo las súplicas o las órdenes del Consejo de Estados de su mundo, utilizaba su enorme extensión para almacenar la porquería con la que los otros mundos de su sistema no se atrevían a contaminar el espacio.

Y era un pasearse junto a Carlos sin tocarlo, cubiertos los dos con la delgada película protectora antirradiactiva, sabiendo que no se llamaba Carlos sino de alguna forma que la garganta humana no estaba en condiciones de pronunciar, sabiendo que Carlos, educado en las mejores instituciones de la Tierra, de su propia ciudad (y al que nunca en la Tierra hubiera podido conocer), había adoptado la forma de un hombre para hacerse más agradable a sus ojos, tal como podría haber adoptado cualquier otra, incluso su desconocida forma verdadera, infinitamente atractiva en su misterio (una maravilla, el misterio, a la que ningún modo de conocimiento podría acceder jamás). Y por eso le había prohibido él tocarlo, intentar percibirlo con otros sentidos que la vista y el oído, tanto más fáciles de engañar que el tacto, que el olfato (ese hedor incalificable que emergía de pronto entre las nubes de loción para después de afeitarse en las que Carlos se envolvía, se ocultaba).

El oído: privilegiado lugar de las alucinaciones. Cómo no creer hasta el fondo, por ejemplo, cuando Carlos abandonaba su español neutro, esas expresiones modeladas en los consejos internacionales, mezcla de mexicano, catalán y foguense, para entonar con voz demasiado grave y hermosa los tangos del Morocho, si hasta el mitológico funyi requintado se le formaba entonces sobre su cabeza, las botas de potro y boleadoras todavía un poco fantasmales, tomando cuerpo lentamente, percanta que me amuraste, cantaba Carlos, en lo mejor de la vida, tan porteño viejo, más Gardel que el mismo mudo, su tocayo, la felicida-a-a-a-a-ad, de sentir amo-o-o-o-or, hasta la pronunciación nasal sabía imitarle Carlos, qué loco, pensaba Marga, caminando a su lado, sin tocarlo, un poco enamorada.

Y andaban así, animadamente cantando, conversando, entre las pilas de estrellas de Salve gastadas y los despojos tornasolados de brintz que los hábiles mierenses habían logrado convertir en atracción turística, cuando Marga sintió que le tocaban el hombro y era una mano humana, era un hombre, uno de los humanos que regían el planeta, mierense acriollado, como los llamaba Carlos, apenas modificado por el ambiente después de varias generaciones de permanencia en el planeta. El hombre les guiñaba el ojo, guiñaba en realidad los dos ojos alternativamente, intentando imitar un gesto de la cultura a la que suponía que ellos pertenecían, un gesto de la Tierra, y lo lograba a medias, su cara se retorcía en una mueca que pretendía ser pícara, traviesa, y causaba una extraña impresión de locura.

Les habló en urdu, un urdu golpeado y roto, con un dejo de acento alemán que hacía todavía más difícil comprender sus palabras. Habló durante mucho tiempo, con giros metafóricos, barrocos, en los que Marga se extasió sin comprender hasta el final. Haciéndole preguntas y discutiendo entre ellos sus respuestas, Marga y Carlos entendieron por fin lo que deseaba, lo que ofrecía. Deseaba el anillo de cuarzo que usaba Marga en su pulgar derecho, les ofrecía un espectáculo asombroso, incomparable, prohibido, nunca visto por ojos terrestres, y cómo creerle, cómo impedir que el amargo deambular de una decepción a otra subiera hasta su boca, la de Marga, convertido en una semisonrisa irónica: el secreto acoplamiento de los vlotis, los seres más inteligentes del planeta, otra vez lo mismo, uno más de los tristes pornoshows del universo, pensó Marga.

Pero el hombre, el mierense, levantaba ahora su mano pintada, tres dedos de su mano, con las uñas largas y sucias, para ilustrar con más claridad sus palabras, tres sexos, les decía, los vlotis de tres sexos iban a acoplarse, maravilla de las maravillas, ante sus maravillados ojos, les decía, insistentemente redundaba, no para ser vistos, los vlotis, aclaraba, secretamente irían hacia sus selvas madrigueras, secretamente los verían, gozarían. Y en cada planeta, recordó Marga, en cada lugar donde la reproducción de los seres vivos tomaba la forma de una relación entre ejemplares de distintas características, aparecían estos hombres y mujeres furtivos, guiñadores, ofreciendo prohibidos asombros que por lo general podían verse en cualquiera de los teatros de la ciudad y a veces por las calles, tristes seres nativos subalimentados a los que se obligaba a vestir sus cuerpos inhumanos para poder mostrarlos arrancándose los trapos con sus tentáculos cansados, arrastrándose fatigosamente unos hacia otros en un pobre remedo del limitado erotismo de los humanos, esos humanos incapaces de entender, de contagiarse de una excitación distinta de la suya, incapaces de observar con otra mirada que la de una fría curiosidad científica las auténticas locuras amorosas que debían haber envuelto, antes de su llegada, a esas disparatadas anatomías. Pero Carlos parecía entusiasmado.

No en vivo seguramente, quiso saber Carlos: no directamente sino a través de una pantalla verían, preguntó al mierense, a los vlotis, a través de uno de esos rudimentarios circuitos cerrados que se usaban todavía entre la escoria de los confines. Pero el mierense aseguró que sí, que estarían realmente allí, muy cerca de ellos y sin ser percibidos porque los vlotis, en su frenesí, olvidaban o despreciaban todo lo que los rodeaba.

Entonces Carlos le explicó a Marga que debían ir, intentarlo, porque si el hombre les estaba diciendo la verdad (y cómo convencerlo de lo muy improbable de una verdad en la boca torcida de un mierense, raza de basureros, cerdos de las estrellas) verían, estarían en medio de un torbellino único en el universo. Porque no se trataba sólo de presenciar, le dijo a Marga, no sólo de ver y estar; tratándose de los vlotis sería también participar, sentir a los vlotis extender sus efluvios, incorporándolos —mediante ese polvillo líquido semejante al mercurio que expelían sus cuerpos— al loco frenesí que los animaba. Los vlotis tenían la capacidad de comunicar a sus espectadores lo más ferviente del deseo, sacudiendo, desenterrando las más reprimidas imágenes de sus propias memorias, de las memorias de sus razas, podrían enloquecerlos y Carlos (tan formal, su ropa bien cortada, sus modales) la invitaba a compartir la locura.

El mierense lo miró desconfiado, se retrajo de pronto, dejó de observar fascinado el anillo de cuarzo en la mano de Marga; sólo para humanos, aclaró, de hombre y mujer nacidos, enteramente celulares humanos, no proteicos. ¿Es que estaba, acaso, en ameno diálogo con un proteico fraguado como hombre? En ese caso mejor el olvido, despeñar su propuesta por los abismos de la memoria, ¿conocían ellos todas las propiedades afrodisíacas de las estrellas de Salve desechadas?

Marga se preguntó por qué el espectáculo le estaría vedado a Carlos, pero sabía tan poco de los proteicos, de los mierenses. Intervino, entonces, a favor de Carlos, hombre entero era él, dijo, y para probarlo le tomó la mano, disimuló como pudo la sensación escamosa, deforme, él hombre, insistió, yo mujer. Ahora que estaba a punto de perdérselo supo que ella también quería estar allí, entre los vlotis, con su amigo proteico, entusiasta. Se dio cuenta de que el hombre no le creía pero el anillo de cuarzo volvía a

atraerlo, ardiente la mirada en su blanca opacidad.
Fijaron una cita para el día siguiente (había días en
Mieres, había largas noches), el hombre los esperaría
en el hotel, los llevaría en su vehículo hasta los confines, caminarían después hasta la selva madriguera.

No se precavió Marga, esa larga noche, contra
las dulzuras de la espera porque sabía por amarga
experiencia que esta anticipación del goce sería probablemente todo lo que podría obtener del largo día
que esperaba. Se dejó llevar por la imaginación,
fantaseando placeres prohibidos, que sin duda no
vería, sentiría, había tan pocas experiencias prohibi-
das para ella, para los de su elite privilegiada en el
pequeño, monótono universo: con un proteico, en el
rito sexual de los vlotis: mañana. Hasta entonces,
dormir. Y Marga Lowental Sub-Saporiti se indujo un
sueño hondo que la llevara sin sueños al despertar.

En cuanto llegaron supo que habían sido enga-
ñados. Era un amanecer grisáceo, y grises eran las
plantas arbóreas y rastreras que conformaban la selva madriguera, que se irían tiñendo poco a poco hasta alcanzar, recién al mediodía, su coloración plena.
Marga notó el torpe engaño en cuanto el mierense
los ubicó en su punto de observación, un hueco en la
pared vegetal demasiado cómodo, demasiado pro-
picio, demasiado cerca del escenario.

Del escenario: porque no había otra manera de
llamar a esa plataforma fingidamente natural que se
elevaba a un costado de la selva madriguera donde

un vlotis tres cubierto con su típico furcis fingía estar apagado. Marga le hizo a Carlos una seña invitándolo a irse enseguida pero Carlos movió negativamente la cabeza y gesticuló como si estuviera sembrando, echando semillas al viento: le recordaba el furioso polvillo de los vlotis, aquello que los había traído hasta allí y que valía la pena esperar. Les habían exigido silencio.

El vlotis tres se encendió repentinamente con todos sus brillos y Marga recordó (hubiera deseado contárselo a Carlos) aquel ridículo pornoshow al que había asistido una vez, en otro mundo, creyendo que vería el ávido apareamiento de cinco sexos: a la primera mirada había descubierto que, en realidad, las características anatómicas de los sujetos eran idénticas, que estaba presenciando una monótona orgía de homosexuales sin imaginación.

Encendido, el vlotis tres inició su danza de llamada y por un momento Marga pensó que no lo soportaría, que la fantochada había ido demasiado lejos: la bestia inteligente había sido absurdamente decorada, cada una de sus hendiduras estaba pintarrajeada para semejar una vulva, cada una de sus protuberancias parecía terminar en un enorme pene, el vlotis se agitaba con movimientos que descorrían y dejaban caer nuevamente su furcis revelando, ocultando, falsos senos, pezones coloreados. Podría haber sido increíblemente cómico y estaban a punto de lanzar la primera carcajada cuando el movimiento cambió su ritmo y supieron que el vlotis, tan cuidadosamente adiestrado para el espectáculo, había dejado de lado sus instrucciones, había olvidado a sus espectadores y ya no bailaba para ellos, sus carnes progresivamente amarillentas temblaban y se estremecían en un llamado que no esperaba respuesta, que se complacía a sí mismo.

El vlotis tres se restregaba contra las paredes vegetales de la selva madriguera, agitando desesperadamente sus clombos, regobiándose en una ansiedad mortal. Marga se pasó la lengua por los labios mientras se inclinaba para ver mejor la masa brillosa que asomaba por las hendiduras entreabiertas, que volvían a cerrarse a cada vuelta con un sonido chasqueante, pegajoso. Un montículo vibrátil surgía y desaparecía otra vez en cada una de ellas, un nudo de húmedos abscesos vermiformes, era repugnante y sin embargo Marga tuvo conciencia de pronto de su asiento vegetal, las largas láminas grises que jugaban entre sus piernas, que apagaban su frío contra sus muslos calientes.

Y el vlotis uno respondió por fin, sinuoso. Asomaron primeros los glaros, ávidamente sinuosos a la entrada de la cueva, su larga masa sinuosamente siguiéndolos, todo encendido, despidiendo un olor verde, sinuoso, pútrido. En un gesto brutal envolvió al vlotis uno, los furcis saltaron con violencia, cayeron arrugados fuera de la plataforma, el vlotis tres parecía soportar penosamente la presión de ese otro cuerpo que gozaba con el suyo hasta que uno de sus clombos empezó a crecer, a inflamarse, hinchándose como un globo a punto de estallar, intolerablemente tenso y estalló, por fin, un líquido gris manando de los bordes rotos: pequeño y febril el vlotis dos escapó del clombo destrozado, preparados sus filos para intervenir en el acto que sólo ahora iba a comenzar.

Por primera vez Marga tuvo conciencia de la crueldad de la ceremonia que estaba presenciando. El vlotis tres se movía débilmente ahora que el uno había aflojado su abrazo, había placer, sin embargo, en esos gestos infinitamente lentos, reducidos a una simple palpitación, mientras el vlotis dos se paseaba por encima de su cuerpo, tocando, flasiando, ansorbiendo, incorporándolo a su masmédula, y el vlotis uno se acercaba y se alejaba, envolviéndolos y mulmándolos alternativamente.

Marga se movió en su asiento sintiendo el roce de las miles de minúsculas agujetas romas contra su sexo, las paredes vegetales parecían haberse encendido también, parecían participar sutilmente acariciándole las nalgas, insinuándose en su entrepierna con roces que bien podrían haber sido casuales. Por primera vez Marga deseó que Carlos dejara de ser un proteico o que lo fuera hasta las últimas consecuencias, que pudiera transformarse en un verdadero humano, hombre o mujer digno de ser gozado, poseído, se preguntó qué estaría sintiendo él y desvió por unos instantes la vista del penoso, fascinante espectáculo para mirarlo, para verlo, asombradamente, deformarse por momentos, conservar con dificultosa dignidad un pálido esquema de su forma humana, el pene tenso y eréctil asomándose fuera de sus fantasmales vestiduras, los pezones de las tetillas excesivamente largos, temblorosos.

Era difícil distinguirlos ahora unos de otros, los vlotis parecían amalgamados en una masa que rodaba por la selva madriguera y por primera vez se escucharon sonidos, gemidos ululantes parecidos a los que logra el viento. El vlotis dos, tan pequeño, se separó y preparó sus garfios, sobándolos, untándolos en la secreción pastosa que brotaba de sus hendiduras para clavarlos en la masa indivisa que se retorcía en el suelo. Con atento horror Marga vio esos garfios feroces, afilados, arrancando trozos de materia viva, palpitante. El vlotis uno, siempre bestial, se separó también, dañado apenas, imitando la perversa pasión del vlotis dos pero sin su refinada sutileza, golpeando torpemente. El vlotis tres parecía la víctima definitiva de sus furiosos amantes cuando, extendiendo hacia ellos los clambos todavía intactos, volvió a incorporarlos en un abrazo doloroso, aparentemente final, porque un brusco polvillo gris se desprendió de los tres cuerpos convulsos, sacudidos, y se esparció por la cueva madriguera alcanzando a los espectadores.

Marga sintió de pronto una increíble tibieza a su alrededor, una calidez transida de olores placenteros, se movió apenas para confirmar la presencia de los otros cuerpos cuyo contacto erizaba su piel, la enloquecía de goce, una de sus manos se enredó en una mata de pelo femenino y dejó que el pelo resbalara lentamente entre los dedos, cada una de sus hebras rozando la piel sensible de sus palmas, enroscándose en los dedos apenas flexionados, tocando la insinuada membrana entre los dedos, extendió la

pierna hacia el otro lado y uno de sus pies se apoyó
contra el costado del otro cuerpo, se deslizó hasta
encontrar el borde de la tela y se metió por debajo,
sobre la carne desnuda, apoyando la planta, escuchando la voz de esa piel menos suave que la llamaba con su olor a hombre y ya no pudo resistirlo, tanto
y tan leve goce, permitió la explosión, entonces, la
locura, la orina vertiéndose cálidamente entre sus
muslos, un manantial que se dividía entre sus pliegues formando corrientes centrales, pequeños afluen-
tes sobre sus piernas, entre sus piernas, empapando
la sábana, envolviendo sus nalgas en una humedad
caliente y olorosa, sintió que la levantaban en el aire,
los pechos de su madre blandos, aplastándose contra su vientre, la presión de los pezones bien forma-
dos, erguidos, la desnudaron unas manos hábiles y
después fue el agua tibia, la mano mojada recorrien-
do sus nalgas, entre sus nalgas, tibia sobre su vientre, deslizándose ahora entre sus piernas, buscando
sus repliegues y fue un hombre y pudo sentir el pulso del deseo colmando su sexo que hendía el aire tibio, afiebrándolo, había otros hombres allí, sus servidores, ellos ataron a la mujer, la amordazaron,
desgarraron su ropa, como relámpagos de blancura
eran sus carnes desbordantes, los pliegues de grasa,
tocó la piel sudada, mantecosa, se acarició, fue hacia
ella, apoyó su sexo enorme, rojo, la superficie rugosa
cruzada por grandes venas azules, clavó una de sus
uñas sucias, afiladas en la base del cuello de la mujer, la hizo correr salvajemente enterrada en su cuerpo, entre los pechos hinchados, sobre su estómago,

su vientre, más allá del ombligo, hacia su sexo, dejando una marca roja, un camino apenas sangrante por donde avanzó su lengua, el sabor dulzón, caliente, la mujer se quejaba débilmente, le quitó la mordaza, entrevió vagamente el juego de succiones al que se entregaban los vlotis, la obligó a abrir la boca, introdujo su pene, sus dedos jugando peligrosamente, amenazantes, en la entrada de la vagina, las uñas filosas rozando el clítoris, los labios de ella jugaron, los dientes tocaban dulcemente el glande, la lengua se detuvo en la leve ranura, acarició el orificio que dejaba escapar ya las primeras gotas de sabor picante, con un movimiento rítmico apresuró el final, se incorporó para que sus pechos se apoyaran contra los testículos del hombre, sintió las convulsiones, el líquido mucoso derramándose en su boca, bebió, mamó, tocó con la lengua la rugosidad del pezón, tan perfectamente sabio, tan idéntico a la forma de sus labios, esa dura hinchazón que complementaba su hambre, chupó y chupó y sintió de pronto un impulso feroz, incontenible, mordió violentamente ese botón oscuro que le llenaba la boca, oyó el grito, saboreó el líquido tibio y dulce, succionó, la leche le llenaba la boca pasando a través de sus encías desdentadas, estaba dando placer, recibiendo placer mecida en un nido inconcebiblemente cálido, la leche se deslizaba por su garganta, su cuerpo entero se llenaba de tibieza, otra vez apresuró el estallido, eran ahora movimientos internos de su cuerpo, zonas desconocidas, la loca pasión de sus esfínteres, separó apenas los labios sin soltar el pezón y supo, estreme-

ciéndose, que algo pastoso y cálido brotaba de uno
de sus orificios, una masa semilíquida, olorosa, contra su piel, los vlotis se remunían, vululaban, se inclinó sobre el hombre, penetrándolo con dificultad,
dolor en el frenillo, su mano rodeando el sexo del
otro, ensalivada, le mordió el hombro mientras la
mujer le separaba las nalgas, acercaba su cara, olía y
acariciaba con deleite, con el dedo mojado, la lengua, introduciendo la lengua en su ano y él seguía
moviéndose en el cuerpo del otro, en su angosta hen-
didura, puso el pene sobre el pecho de la mujer y ella
lo envolvió entre sus senos fláccidos, empapados de
sudor, el semen brotó como una marea, como una
catarata, apoyó sus palmas sobre el líquido blancuz-
co, mucilaginoso, se frotó los senos, masajeó los pezones y estaba acostada, las piernas en el aire, una
mano firme, segura, sostenía sus tobillos, deslizaba
la fibra empapada en aceite entre sus nalgas, se de-
moraba en el orificio, la apoyaban otra vez para se-
parar sus muslos, pasar la fibra aceitada limpiando
la entrepierna, separando ahora los labios mayores
para pasar con suavidad enorme por el costado de
su clítoris, por los canales, delicadamente le bajaban
el prepucio, aceite maravillosamente por la mucosa
del glande, crecer ahora, inflamarse, introducir el pie
en la masa semilíquida, pastosa, brotada de su propio cuerpo, para pasarla por el cuerpo de ella, untar-
la entre las piernas, el extremo de un clombo se agitaba como pidiendo auxilio, asomando apenas de la
masa gris de los vlotis, permaneció totalmente inmóvil mientras la serpiente reptaba por su cuerpo, pa-

saba sobre su cara, el frote áspero y frío de ese vientre escamoso sobre sus labios, sus anillos envolvieron su sexo, se deslizaron entre los testículos, la cabeza buscando, presionando, encontrando el agujero para penetrar allí, profundamente, la cabeza, la cola cascabeleando en su vagina, moviéndose ahora, hacia atrás y hacia delante, la pequeña serpiente, la cabeza, la lengua rápida y vibrátil en el recto, el cascabel contra las convulsas paredes de su vagina, con un brusco movimiento de torsión la puso sobre él, sintió el peso y la presión de su cuerpo, los pezones contra su pecho, sus muslos tocándose, su cabeza apoyada sobre el pecho de la otra, los senos pequeños y separados rozando sus orejas, la obligó a cabalgarlo, sintió las piernas de ella alrededor de su cintura, penetró, desgarró, la otra lamiendo sus testículos, metiéndoselos en la boca, lamiendo las nalgas de ella, su pene ensangrentado de flujo menstrual, las mujeres frotando sus senos una contra otra, de pie, ahora, orinó sobre sus cuerpos, dirigiendo el chorro contra su cara, contra su boca entreabierta, le mordisqueaban las axilas y las ingles, gustó el sabor de su flujo, embebió el alimento en el líquido espeso que desbordaba mansamente su vagina y lo llevó a su boca, degustando, tomó el animalito peludo que se retorcía entre sus dedos, lo dejó caminar por su cuerpo sabiendo que buscaría su nueva madriguera, deliciosamente penetró en busca de alimento, sus patitas demorándose en la entrada, una vez adentro empezó a comer agitándose lengüeteando, moviendo todo su cuerpecito peludo, tibio, la vio abrirse para él, para ella, enormemente abrirse, temió sin embargo que no fuera suficiente, entró de a poco, la cabeza primero, con dificultad, a pesar de los movimientos de succión que lo atraían, que la llevaban hacia adentro, el vlotis tres enorme ahora, rebosante, único, el uno y el dos inexistentes, formando parte de su cuerpo, por un momento sintió que se ahogaba, que no lo lograría, estrecho el canal, lubricado sin embargo para permitir su paso, con un sonido breve y hueco terminó de pasar la cabeza y todo fue más fácil, una leve torsión de costado para permitir el paso de los hombros, brotaba sangre ahora en la entrada rota, desgarrada, succionando siempre, rápidamente hacia adentro el torso, las caderas, las rodillas doblándose hacia el pecho para caber en esa oscuridad total, líquida, gozosa.

Y de golpe, el abrazo de Carlos, su arremetida brutal, sacándola, salvándola de la disolución final, retrotrayéndola a una realidad siempre menos feroz que su delirio, sobre ella, furiosamente dirigiendo toda su energía hacia su propio cuerpo deforme para lograr esa ilusión táctil tan imposible y sin embargo a medias consiguiéndolo, cerrar los ojos entonces para no ver ese cuerpo de hombre derritiéndose en los bordes, surgiendo las móviles alas de medusa, un gigantesco caracol marino, gelatinoso, emitiendo su baba. Cerrar los ojos, sentir: ese excesivo número de lenguas entrando en sus orejas, deslizándose húmedas por su vientre, haciendo vibrar sus pezones, simultáneamente envolviéndola, húmedas lenguas, sentirse penetrada por algo frío, escamoso, fingidamente sexo, un placer helado y diabólico, demasiado grande, doloroso, con móviles protuberancias bailando adentro de su cuerpo y de golpe, en la violencia de un orgasmo infinito, la inesperada punzada en el ombligo, la fuerza del dolor sumándose al placer en una sensación destructora, feliz.

Pidió disculpas, después, Carlos, tan bien cortado el traje, tan caballero, alisando sus cabellos negros, envaselinados, en el viaje de vuelta pidió disculpas, mirándola de reojo dio explicaciones que Marga no le había pedido, que no le pediría, pero que escuchó con atención obligada, por la extraña, anticuada cortesía de Carlos, nuevamente tan hombre, tan hembra. Porque así le dijo, le explicó Carlos a Marga: hembra autofecundante era él, proteica, el buen amigo Carlos. Inconteniblemente arrastrado por el delirio (volvió a justificarse) que provoca el polvillo de los vlotis (se disculpó correcto), llevado sin fronteras hasta la imperdonable locura de haber depositado en ella, a través de su amable, de su delicioso ombligo (pero había sido al menos un buen amante, esperaba), la minúscula bolsita de huevos. Como un tordo, poéticamente explicó Carlos, de sus natales antiguamente extendidas pampas, poniendo sus huevecillos en nido ajeno para que otra hembra mejor que él, que ella, protegiera y alimentara su nidada. No podía, otra vez prefería no acariciarle la mano, Carlos, pero la miró con afecto, la ilusión óptica era perfecta, inolvidable la mirada de esos ojos negros.

Las consecuencias, entonces, quiso saber Marga, mordiéndose la lengua, avergonzada, arrepentida de las palabras que su lengua curiosa insistía en formar, que su aliento rebelde dejaba salir de su boca, nunca habrás, pensaba ella, de preguntar por las consecuencias del placer, gozarlo y olvidar, y sin embargo allí estaba ella, Marga Lowental Sub-Saporiti preguntándose, preguntándole qué iba a pasarle después. Y Carlos le contestó que nada, amor mío, que nada le pasaría hasta la primavera de su propio planeta, la de su natal hemisferio, así calculó el difícil tiempo entre las estrellas, su gentil Carlos.

Y era primavera en Buenos Aires, la ciudad grande, la ciudad-mito, cuando las larvas comenzaron a alimentarse, devastadoramente, y Marga pudo iniciar por fin el viaje verdadero, único, aquel viaje del cual los otros no habían sido más que inútiles remedos, imitaciones desprolijas, un viaje del que no regresaría jamás decepcionada, del que no regresaría jamás, la esencia, la médula misma del turismo.

La columna vertebral

Mientras buscaba un caramelo en la cartera escuchó la voz del doctor Rosenfeld diciendo que la conferencia había terminado y proponiendo disfrutar del video. Cuando levantó la vista, el médico estaba exactamente en la postura que ella había imaginado, casi recostado, de brazos cruzados, con las piernas muy largas estiradas en una actitud relajada, tan cómodo como la silla se lo permitía. Stella volvió a colocarse los auriculares para la traducción simultánea.

La primera parte de la grabación era repugnante y sangrienta. En ningún momento se mostraba la cara del paciente. No sólo estaba cubierta la zona que delimitaba el campo operatorio sino todo el cuerpo tendido boca arriba. Acceder a la columna vertebral desde un abordaje anterior, entrando por los costados del vientre, exigía cortar una cantidad importante de tejido. No hacía falta ver la cara o el cuerpo del paciente para saber que era muy gordo. La gruesa capa de grasa amarillenta también sangraba. En una segunda etapa se introdujo en el cuerpo un globo que al inflarse servía para mantener apartadas las vísceras y capas musculares. Stella desvió la vista. Como kinesióloga, esa parte de la operación no le interesaba. Sintió una ola de calor que subía desde la espalda, cubriéndole la cara con un sudor espeso, y recordó que el doctor Rosenfeld había usado la palabra disfrutar. En su país ningún traumatólogo habría aceptado intervenir a un hombre tan gordo. Buena parte de los efectos positivos de la operación serían anulados por el peso que el paciente cargaba sin piedad sobre su espinazo. Tal vez los médicos yanquis no pudieran permitirse elegir, considerando la creciente obesidad de su población.

Pero cuando el laparoscopio llegó por fin a la columna, el trabajo de los instrumentos en las vértebras le resultó fascinante y empezó a disfrutar ella también. La voz del relator recordaba que no existía todavía un material sintético tan flexible y al mismo tiempo tan resistente como el cartílago humano, capaz de soportar la fuerza de gravedad y el movimiento natural de la columna vertebral. La técnica de Rosenfeld consistía en retirar el disco herniado, reemplazarlo por una jaulita rellena de material esponjoso ("cages", que el intérprete simultáneo traducía equivocadamente como "cajas") y fijar las vértebras correspondientes atando las apófisis dorsales con alambre de platino. Al eliminar el juego entre las vértebras transformándolas en una estructura rígida, la columna perdía posibilidades de movimiento pero en cambio se alejaba el peligro de ruptura o fisura.

Entrar al lugar donde se preparaba el café la devolvió a la sensación de malestar. Sobre una superficie metálica con muchas hornallas humeaban unas veinte cafeteras. Había café con sabor a avellana y café con sabor a vainilla, café con sabor a canela y café con sabor a almendra, café con sabor a jengibre y café con sabor a menta y probablemente hubiera también café con sabor a café pero Stella ya no estaba en condiciones de probarlo, asqueada por la mezcla de esencias artificiales que convertía el aire en una masa densa que ingresaba con dificultad a los pulmones. Se secó la transpiración de la cara con un pañuelo de papel. Por suerte no se había maquillado.

En la sala de descanso se sintió mejor. Como siempre, el congreso paralelo que se desarrollaba en los restoranes, en los pasillos, en las cafeterías de la universidad era más interesante que las ponencias. Se encontró con un traumatólogo argentino que trabajaba ahora en Holanda y con una colega colombiana. Pronto estuvo formando parte de un grupo que discutía con fervor sobre los resultados a largo plazo de ciertas soluciones quirúrgicas. Stella era una de las pocas especialistas de América Latina en deportología femenina. El silencio y la atención con que se la escuchaba siempre volvía a sorprenderla y a veces le resultaba incómodo, como si se esperaran de ella importantes revelaciones o palabras de sabiduría. Ya era una de las Ancianas de la Tribu, una de las más jóvenes, sin duda. La sensación de poder le resultaba agradable.

Desde el otro lado de la sala, un hombre de ojos claros la miraba fijamente. Aunque no lo conocía, Stella le sonrió y le hizo un gesto amistoso con la mano. El hombre usaba un inverosímil pantalón a cuadritos tan norteamericano como la pulcritud y la aséptica belleza de la universidad en la que se desarrollaba el congreso. Las alfombras espesas, acolcha-

185

das (cómodas pero dañinas para el arco del pie, decía su mirada profesional), las paredes impecables, las oficinas con sus bibliotecas y su cuidadosa privacidad, en las que sin embargo ningún profesor se atrevía a cerrar la puerta cuando estaba con un estudiante para evitar acusaciones de acoso sexual, la biblioteca nutrida y bella, de grandes ventanales que daban sobre el campus, con una vista tan perfecta del césped y los árboles de hojas otoñales que por momentos parecía una foto pegada sobre el vidrio: todo parecía estar allí deliberadamente, como para resaltar la pobreza y el caos de las universidades estatales de las que provenían los pocos panelistas de América Latina.

Stella saludó al hombre que la observaba con tanta franqueza porque sabía que en Estados Unidos mirar a los ojos a una persona desconocida era una falta de cortesía. Aunque ella no recordaba su cara, era posible que él la hubiera reconocido y no quería que se sintiera incómodo. Los ojos celestes le resultaban familiares pero fuera de contexto. Nunca había sido buena para juntar caras con nombres pero en los últimos tiempos se encontraba muchas veces con personas a las que conocía bien y sin embargo no era sólo el nombre lo que parecía haber desaparecido de su mente sino toda información que pudiera servir para identificarlas: ¿un primo lejano, un quiosquero del barrio, el amigo de un amigo, un paciente, un ex compañero de trabajo? Había aprendido a disimular para no incomodar a los demás, que se ofendían o se avergonzaban de ser tan anónimos en su memoria. En cierto modo ese pequeño problema era un índice de la alta posición obtenida a lo largo de tantos años de trabajo en su especialidad. Conocía a mucha gente, de distintos países del mundo, y más gente todavía la conocía a ella: el precio del éxito, un motivo más de orgullo. Napoleón y el nombre de sus soldados. ¿Cuál sería el truco?

El período de descanso había terminado y parte de las personas que la rodeaban se estaba levantando para asistir a otras conferencias o mesas redondas. Muchos fingían estar interesados en algún tema que se exponía en otro edificio y con esa excusa se deslizaban fuera del campus para huir en taxi hacia la ciudad, donde hacían compras o descansaban en el hotel. Los más famosos, los más ignorados, no necesitaban ofrecer ningún tipo de espectáculo y se iban sin disimulo o se quedaban charlando allí mismo o en la cafetería, esperando a algún amigo. Algunos salían del recinto sólo para fumar, a pesar del frío.

En parte por solidaridad profesional, pero sobre todo por curiosidad, con ganas de saber si unos años en Holanda habían sido suficientes para transformar su estilo de charlatán de feria, Stella quería estar presente en la charla de su amigo traumatólogo. Cuando se levantaba de su asiento para acompañarlo a la sesión, el hombre de los ojos celestes que la había estado observando pasó al lado de ella, le sonrió y le dijo una palabra en un idioma desconocido.

Su viejo amigo seguía siendo el mismo viejo charlatán, por supuesto. Una prueba más del provincialismo de los argentinos, siempre dispuestos a creernos los peores del mundo, a imaginar que en un país de verdad —así se decía— ese tipo no podría engañar a nadie y sin embargo allí estaba, representando verborrágicamente a una prestigiosa institución holandesa, con la misma falta de seriedad que de costumbre y un envidiable dominio del inglés.

Distraída, entonces, Stella volvió a la imagen del hombre de los ojos claros, al que ahora fantaseaba interesado en su persona por motivos no profesionales, jugando Stella, halagada, con el posible significado de la palabra que él le había dicho al pasar. ¿Un saludo? ¿Un piropo? De pronto, en su cerebro, el ir y venir del pensamiento tomó un camino cerrado hacía tiempo, el curso de una vieja sinapsis tan inútil como el socavón abandonado de una mina en la que no queda ya la menor veta de oro; algo se movió y se unió y tomó forma y súbitamente entendió no el significado, porque no lo tenía, sino el sentido de la palabra. Una marca registrada que designaba en su país los rollos de viruta o lana de hierro que se usaban para fregar el fondo de las ollas.

El señor de los ojos celestes y los pantalones inverosímiles le había dicho Virulana.

Hacía casi veinticinco años que nadie le decía Virulana. La oleada de calor la obligó a separarse del tapizado del asiento, una resistencia al rojo contra la espalda. El apodo no hubiera tenido justificación ahora que usaba el pelo corto y lacio, en lugar de la cascada de rulos que la definía tantos siglos atrás.

Lo buscó con la mirada. Había entrado delante de ella en la misma sala. Ahora no sólo sabía de dónde venían esos ojos, sino que había entendido por qué la palabra Virulana le había sonado extranjera, era esa forma de hablar sin abrir la boca que tenía el Pampa y que sin embargo no hacía sus órdenes menos tajantes o menos respetables. Virulana miró al Pampa con una sonrisa enorme, aterrorizada. Y sin darse cuenta de lo que hacía, con un gesto que le salía de las tripas y de ciertas regiones del pasado, de cuartos deshabitados y oscuros que no visitaba con frecuencia, se tapó absurdamente con la mano el prendedor con la identificación del congreso que informaba a quien quisiera saberlo su verdadero nombre y apellido.

Salió del auditorio sabiendo que el Pampa la seguiría.

La cafetería estaba casi vacía.

—Qué alegría —dijo ella.

La emoción era verdadera, la alegría era difícil. Sobrevivientes de un naufragio, rescatados por barcos de países diferentes y remotos, sin saber cada uno si el otro había llegado alguna vez a tierra. Cargados de muertos. Stella volcó el vaso de Coca-Cola con un movimiento brusco. Trató torpemente de secar la mesa con servilletas de papel. El hombre le apoyó la mano en el hombro para tranquilizarla y le propuso mudarse de mesa.

—Te planchaste el pelo, Virulana —dijo él.

—No, al revés, antes usaba permanente —dijo ella.

Stella entrecerró los ojos por un segundo, tratando de recomponer sobre la cara amable y algo

189

abotagada, con sonrientes arrugas alrededor de los ojos, la otra cara, delgada y ansiosa, que llevaba con ella.

—Qué raro —dijo él, rozando con un dedo el cartelito que ella llevaba prendido en la solapa—. Qué raro. Dossi. Siempre pensé que tendrías apellido judío.

Qué raro: haber conocido tanto de sus cuerpos y nada de sus nombres. Y como él no usaba la identificación del congreso, Stella empezó por el principio: por preguntarle cómo se llamaba, quién era, dónde vivía, como si nunca se hubieran besado, como si nunca hubieran estado abrazados, asustados, acostados en la cama de un hotel por horas, escuchando allí afuera pasos y sonidos que siempre les parecían amenazadores, policiales.

La mayor parte de la gente que ha compartido alguna vez, estrechamente, el mismo tiempo y espacio, trata de resumir, al encontrarse muchos años después, todo lo que sucedió durante el lapso transcurrido desde que dejaron de verse. A Virulana y el Pampa, en cambio, les interesaba mucho menos saber qué habían hecho después, por dónde y hasta dónde habían llegado, que enterarse de lo que estaban haciendo en aquel mismo momento en el que compartían riesgos esforzándose por saber cada uno, del otro, lo menos posible. Y por momentos era tan difícil, por momentos había que fingir que uno no conocía a un amigo de siempre más que por el nombre de guerra o, como en este caso, había que resistirse deliberadamente a seguir las múltiples pistas que podrían conducir a la verdadera identidad de la persona con la que uno se acostaba. Hablaron, entonces, en la cafetería de esa universidad norteamericana que los amparaba con su riqueza fácil y generosa, burlándose de ellos y de sus odios y sus esperanzas de veinticinco años atrás —evitando, mientras hablaban, todo recuerdo o mención de esos odios y esperanzas—, sobre sus trabajos y sus estudios y sus amigos y sus familias de aquella época. Intercambiaron sus verdaderas antiguas direcciones, en las que ya ninguno de los dos vivía. Hablaron de lo que hacían sus padres, de sus vidas cotidianas y secretas, paralelas a los encuentros en el local donde se reunían para hacer política barrial, para trabajar en la concientización de los vecinos, repartiendo volantes, colaborando en tareas comunitarias, tocando timbres casa por casa para conocer y conversar y persuadir a las señoras del barrio, participando en interminables reuniones políticas en las que discutían y analizaban las órdenes que bajaban desde las alturas a veces irreales en las que estaban situados sus dirigentes y que finalmente debían limitarse a obedecer, organizándose para marchar en las manifestaciones y aprendiendo a manejar, asustados y orgullosos, las armas que guardaban en el sótano. Sin tocar, todavía, sus recuerdos comunes, hablaron de esa otra zona de sus vidas que nunca habían compartido ni conocido, que en aquel momento debían mantener oculta como parte de una militancia política que en cualquier momento podía volverse, como en efecto sucedió, prohibida y clandestina.

191

La cafetería se llenó de gente. Panelistas, espectadores, estudiantes cargaban sus bandejas con esa comida que a la licenciada Stella Maris Dossi, o Virulana, le resultaba entre insípida y repulsiva, a la que el Pampa, que ahora era también el doctor Alejandro Mallet, parecía estar acostumbrado después de vivir muchos años en Estados Unidos. Otros colegas pidieron permiso para compartir la mesa. El Pampa se sirvió una enorme porción de ensalada verde con fideos fríos a la que aderezó, usando un cucharón, con una sustancia blancuzca, espesa, mucilaginosa, en la que se veían algunos trocitos sólidos, y parecía hecha a base de algún derivado del petróleo.

—Blue cheese —comentó, con tono de disculpa—. Me encantan todos los dressings.

Y Virulana no era quién para discutir los beneficios o el sabor de los aderezos de ensalada yanquis con el responsable de su unidad básica. Antes le gustaba el contraste entre los ojos muy celestes y el pelo muy negro del Pampa; ahora el color se veía desvaído, parecía haberse atenuado en el juego con el pelo casi blanco. Stella comió poco. Las olas de calor parecían tener misteriosas relaciones con el funcionamiento de su aparato digestivo.

A la noche fueron a bailar con un gupo de colegas. Habían elegido una disco para gente grande, donde pasaban oldies de los sesenta. Stella se lució bailando *Twist and Shouts* en versión de Chubby Cheker con un neurólogo canadiense especialista en miogramas. Se sacó los zapatos para que las medias le permitieran resbalar mejor por el piso plastificado y consiguió, incluso, gracias a los ejercicios que hacía todos los días para fortalecer los cuádriceps, realizar esa compleja flexión que exigía el twist, bajar y subir lentamente en puntas de pie, con las piernas dobladas moviéndose a un lado y al otro, a pesar de su leve artrosis de rótula en la rodilla izquierda. Su compañero de baile la aplaudía pero no lo intentó.

Volvió a sentarse triunfadora, empapada en sudor y el Pampa la besó largamente en el cuello.

—Qué saladita —dijo—. Vamos al hotel.

—Mañana —pidió Stella.

—Mañana viene mi mujer —sonrió él.

Entonces se fueron, sin llamar la atención; de todos modos la disco cerraba pronto, a la una, y Stella no pudo dejar de recordar con cierto escándalo a medias fingido que a esa hora, en Buenos Aires, sus hijos empezaban a vestirse para salir, pero no consiguió sorprender al Pampa, que viajaba a la Argentina con cierta frecuencia.

Hubo sólo un mal momento, que pasó rápido: fue cuando él la cubrió con su cuerpo y ella lo sintió encima como una gigantesca bolsa de agua caliente y tuvo que contenerse para no apartarlo bruscamente de una patada como tantas veces hacía de noche con la ropa de cama, molestando a su marido que se quejaba débilmente y trataba de seguir durmiendo. Moviéndose ahora con tanta delicadeza como pudo, lo hizo cambiar de posición y todo volvió a deslizarse con feliz intensidad. De eso estaba orgullosa: de su intensidad. De sus pechos todavía enteros y fuertes.

193

Y de sus manos, de los dedos alargados, pero sobre todo de la precisión y la fuerza que habían adquirido sus manos en el constante trabajo físico que le exigía su profesión. Gritó un poco al final, para él y también para sí misma.

Después, en la cama enorme, desnudos y sin fumar —pero cómo olvidar el placer que en otros tiempos les daban los cigarrillos negros y fuertes que fumaban juntos, los buches de ginebra barata que se habían pasado de una boca a la otra—, disfrutó la sensación de orgullo que produce el sexo cuando es alto y bueno.

Y entonces siguieron hablando de gente, de cosas, de situaciones y circunstancias que cada uno sabía, aportaron informaciones y recuerdos tratando de armar ese rompecabezas que era para ellos y para todos sus compatriotas la época de la militancia y de la dictadura, en que sólo era posible conocer una parte recortada, arbitraria, de la realidad, en la que de todos modos siempre faltarían piezas. Hablaron de personas y destinos, intentaron reconstruir historias, se confesaron todo lo que era posible confesar, recordaron uno por uno a sus compañeros y consiguieron, entre los dos, en algunos casos, recomponer sus vidas o sus muertes. Era raro que el Pampa no mencionara nunca a su gran amigo-enemigo de aquel entonces, siempre juntos y siempre enfrentados, listos para propagar a otros campos la más teórica de las discusiones políticas.

—El Pampa y el Tano —le recordó Stella—. Ya empezaron las tribus enemigas, decíamos en las reuniones.

194

Habían pedido un champán de California, que resultó mucho mejor de lo que ella se imaginaba, y compartían una copa bebiéndolo a pequeños sorbos, culpables y contentos de estar vivos. El Pampa dejó la copa sobre la mesita de luz y prendió el televisor con el control remoto.

—Me gusta ver la tele sin sonido —dijo—. Me acostumbré aquí, cuando era residente, en el hospital.

—El Tano tenía siempre los cachetes colorados. No era muy inteligente, no era muy buen mozo, pero tenía algo. Era un tipo decente.

—¿Te gustaba? —preguntó él, con la vista fija en el televisor.

En la pantalla un perro ladraba en silencio ante un pote de alimento vacío con forma de galletita. Stella recordó una mala película italiana, un laboratorio donde se hacían experimentos con perros a los que les había cortado las cuerdas vocales para que no molestaran a los investigadores con sus aullidos de dolor.

—Era demasiado chico para mí. Medio tartamudo, ¿te acordás? Se trababa en la p de antiim-ppppperialismo. ¡No tenía mucho futuro en la izquierda!

—A él sí le gustabas —dijo el Pampa—. Estaba loco por vos. Se puso mal cuando dejaste.

—No te creo —sonrió Stella—. A veces pienso en el Tano. Qué estará haciendo. Me lo imagino médico también, pero no atendiendo pacientes. Sanitarista en la Patagonia, algo así.

—Está muerto —dijo el Pampa. Y empezó a vestirse. Estaban en la habitación de Stella.

—¿No te quedás a dormir conmigo? —preguntó ella, fingiendo decepción por razones de cortesía pero en realidad con ganas de quedarse sola para reordenar su archivo de recuerdos, sacudidos por el torbellino de la memoria ajena.

El Tano. Uno más, entre tantas caras y gestos detenidos por el clic de la cámara en la fotografía eterna de la muerte. No quería saber qué le había pasado, si lo habían ido a buscar a su casa, si había caído en un enfrentamiento, si alguien lo había visto por última vez en un campo de desaparecidos, si había resistido o se había quebrado en la tortura. No quería saberlo, no le interesaba.

—Prefiero estar en mi habitación, sabés —se disculpó el Pampa—, no sé a qué hora llega mi mujer.

Pero no era uno más, el Tano. Sin saber por qué, Stella se rebeló, trató de rebelarse. No puede ser, se dijo, con esa frase repetida tantas veces, la primera frase que usan los seres humanos para negar lo único que sí puede ser siempre, el único destino común de todo lo que nace. Stella no quería que también el Tano estuviera muerto. Quizás por los cachetes colorados. No puede ser. Las historias iban y venían, no todas eran ciertas, había confusiones, nombres o apodos parecidos, errores o informaciones dudosas, imposibles de confirmar.

—¿Quién te contó que murió el Tano? —preguntó—. ¿Cómo podés estar tan seguro?

—Tuvo un accidente de auto. Un par de meses después de que vos te fuiste. Nadie usaba cinturón de seguridad en Buenos Aires, en esa época. Se podía haber salvado.

El Pampa se puso el saco, se miró al espejo, empezaba a convertirse poco a poco, otra vez, en el doctor Alejandro Mallet. Se pasó una mano por la cara como para borrarse o cambiarse las facciones.

—¿De dónde lo sacaste? —insistió Stella—. ¿Fue en el barrio? ¿Lo viste? ¿Con tus ojos?

—El Tanito era mi hermano menor. Qué raro que no supieras —dijo el Pampa—. Yo manejaba.

Después le acarició el pelo, le dio un beso en la mejilla, una tarjeta con su dirección y su teléfono en Louisville, Kentucky, y se fue, caminando sin ruido sobre las alfombras espesas y acolchadas, casi sin pena, acariciando una cicatriz vieja que todavía duele en los días de lluvia.

Para Stella, en cambio, era una herida más pequeña, no tan profunda, pero recién abierta. Acceder a la columna vertebral desde un abordaje anterior. Los instrumentos introduciéndose en el cuerpo cubierto, despersonalizado. Sangre y grasa. Los alambres de platino atando las vértebras. La leve sensación de náusea.

El Tano ya no era médico sanitarista en ninguna parte del mundo. Ahora era demasiado joven para eso. Era para siempre joven. No le hacía falta teñirse el pelo, oscuro y brillante, la artrosis no había deformado ninguna de sus articulaciones jóvenes y perfectas, nunca había tenido la oportunidad de hacer concesiones, de aflojar y agacharse y sobrevivir, de tener éxito profesional, nunca había mentido ni traicionado ni se había sentido más generoso o mejor de lo que correspondía. Un tipo decente, el Tano. Impecable.

Sin necesidad de mirarse al espejo, Stella se vio a sí misma con esos ojos, los del Tano, ojos demasiado jóvenes, inocentes y crueles. Vio la carne floja de los brazos y el vientre péndulo, colgando en un pliegue fláccido sobre la pelvis, las mejillas mustias, el mentón borrado, el rimmel borroneado alrededor de los ojos, las arrugas abriéndose como grietas polvorientas en la gruesa capa de maquillaje, una mujer vieja, sucia, ridícula, ansiosa todavía por ofrecer su carne demasiado madura, un durazno blando y arrugado que alguien se olvidó de poner en la heladera. Una Wendy amatronada, menopáusica, sudorosa, que ve entrar una vez más, por la ventana, la figura siempre igual a sí misma de Peter Pan y sabe que ya no viene por ella, que no la recuerda ni la busca, una Wendy en la que es inútil gastar polvo de estrellas porque es demasiado pesada para volar hasta la isla de Nunca Jamás.

La licenciada Stella Maris Dossi, exitosa deportóloga, que solía oponerse como regla general a las soluciones quirúrgicas que quitaban y reemplazaban y fijaban, convirtiendo en una estructura rígida la móvil columna vertebral, entendió por primera vez la extrema necesidad de amortiguar con material esponjoso el contacto entre las vértebras dañadas, la urgencia enorme de atarlas con alambre de platino para mantenerlas pegadas, quietas, inmóviles, como muertas, sin movimiento, sin dolor.

Índice

Esta edición de 4.000 ejemplares
se terminó de imprimir en
Artes Gráficas Piscis S.R.L.,
Junín 845, Buenos Aires,
en el mes de septiembre de 2001.